张怡微

—

著

散文课

Creative Prose

华东师范大学出版社

图书在版编目（CIP）数据

散文课/张怡微著. —上海：华东师范大学出版社，2020

ISBN 978 - 7 - 5760 - 0661 - 2

Ⅰ.①散… Ⅱ.①张… Ⅲ.①散文—创作方法 Ⅳ.①I056

中国版本图书馆 CIP 数据核字（2020）第 122297 号

本书由上海市高峰高原学科建设经费资助

散文课

著　　者　张怡微
责任编辑　顾晓清
审读编辑　李玮慧
特约校对　李琳琳

出版发行　华东师范大学出版社
社　　址　上海市中山北路 3663 号　邮编 200062
网　　址　www.ecnupress.com.cn
客服电话　021 - 62865537
网　　店　http://hdsdcbs.tmall.com/

印 刷 者　上海盛隆印务有限公司
开　　本　787×1092　32 开
印　　张　6.375
字　　数　77 千字
版　　次　2020 年 8 月第 1 版
印　　次　2020 年 8 月第 1 次
书　　号　ISBN 978 - 7 - 5760 - 0661 - 2
定　　价　40.00 元

出 版 人　王　焰

（如发现本版图书有印订质量问题，请寄回本社客服中心调换或电话 021 - 62865537 联系）

目录

缺席的散文课

中国创意写作专业已经成立了十多年了。创意写作是一个外来的学科，它的美国定义是以取得研究生学位为目的的课程，内容包括针对文学作品开展研讨课、把文学作为一门艺术学习、以创造性作品作为论文。1939年以后，创意写作的教学已经划分出诗歌和小说两个方向。这个划分形式一直持续到现在。"创意写作"中国化之后，各大学都开设了品牌课程，引进了著名导师，甚至开设了颇有中国风格的"影视剧创作""儿童文学创作""科幻文学创作"等创意写作专题课程。但仔细爬梳可以发现，不管大学排名如何，不管导师团队如何，课程中几乎没有散文。这不仅说明了中国创意写作约等于小说创意写作（兼诗歌），也说明了中国当代散文的弱势地位①。"自从现代中国发生文学革命以来，'散文'的命名、界定和地位演变，折射出文类观念的大变革。"② 我们都是这场变革中的人，我们写作现代散文的开始，就站在了这个历史场景的后果之中。

中国散文文体的自觉具有高度精英化的特征。最晚在 12 世纪南宋时期，"散文"一词作为文体称谓，已经普遍出现在典籍之中。作为一种文体概念，南宋罗大经的《鹤林玉露》中，"散文"既指与"韵文"相对的、不押韵的散行文章，也是与"骈文"相对的、句法不整齐的散体文章。我们现在说的古文，就是古代散文。先秦散文，主要是历史散文与诸子散文，历史散文以记言和记事为主。这两者也常常是结合的。古人的文章中，会写到的内容包括打仗的事、水利的事、生产的事、古代部队里的疑惑、

① 王兆胜认为，"2019 年散文仍面临经典化的困局"。王兆胜：《在积淀中深化创新——2019 年中国散文创作评析》，见《中国当代文学研究》2020 年第 2 期，页 67。
② 李瑛：《散文的"有结构"与"无结构"——重审何其芳〈画梦录〉的形式问题》，见《上海文化》2020 年第 1 期，页 44。

作战的思想等等。文中会有一些精辟的比喻，文章的结构格式很工整，这就带有了形式和修辞的建构意图。比方《左传》，用非常简略的语言，勾勒一场战争、一个人的言行，在叙事的同时，也展示文学技巧。我们非常熟悉的《战国策》里的名篇《邹忌讽齐王纳谏》，记事结合记言，令读者可以从一些平凡的事情当中，体会到启发国家治理的道理，这是我们非常熟悉的笔法。现在看起来，这样的文章会显得刻板，不够灵活。体例像是当代的读者文摘，或者微信短故事。这样的文章，放在中学里学习会很适合。因为我们在中学受训的主要目标并不是成为艺术家，而是建立准确、简洁的表达，训练清晰的思维逻辑。一个故事加上一个道理，是对复杂世界的简化。中国的古代散文经常会说道理，大部分不只是人生的道理，也有宇宙的道理、国家的道理。所谓"载道"，即通过各种手法、各种故事和演绎，最终指向天道和兴亡的思索。文章的修辞，其实都是为这个宏大的目标服务的。

在此我们可以将散文与小说做一个文体上的对比。小说也会说道理，说的更多的是世俗人生的道理。在唐代，我国的大城市里兴起了一种民间艺术——说话。"说话人"，在热闹的场地讲说历史故事、佛教传说和社会新闻，很受群众喜爱。起初"说话人"讲的故事没有脚本，全靠记在脑子里，口耳相传。后来为了传授徒弟的需要，逐渐有了简单的底本。这种文字底本经过艺人的世代相传，不断充实，再加上文人的整理加工，便成了可以阅读的文学作品——"话本"，模拟它的体裁和口吻来创作的文学作品叫作"拟话本"。明朝中叶以来，通俗文学界掀起了编总集的高潮，文言、白话小说领域都出现了小说总集。随着明末经济的发展、商业的繁荣、文化权力的下沉，通俗文学家、书商们开始注重平民大众的需求。人们收集整理民间文学作品，"说话人"的底本和单篇话本小说开始流行。比如冯梦龙的"三言二拍"，就是这样的作品。一般由世情故事入话，小说开篇就讲人生道理，讲富贵荣华，当中也会有教化，教人知足常乐，不要作奸犯科，说的都是小道理，不是大道理。小说里出现的故事，大部分跟大道、天道几乎没有关系。因为这些事跟庶民没有关系，小市民听故事是为了听闲篇打发时间，稍微听一点因果报应的道理就满足了。那个时期的小说，或者说明代的小说，它是如鲁迅所称赞的那样"极摹人情世态之歧，备写悲欢离合之致"，但它不关心这个世界的秩序，对人的思想和宇宙也没有任何企图心。说书人没有能力，也没有义务传递对世界秩序的认知。

　　小说是从什么时候开始承载比较厚重的文人观念的呢？可能要到《儒林外史》。《红楼梦》和《儒林外史》完全脱离话本范式，成为文人独立创作作品的代表。哥伦比亚大学的商伟教授认为，《儒林外史》的价值，就在于以小说这种低端的形式，介入了当时思想界和知识界的讨论，也就是令小说初具所谓的"精英特征"。从《儒林外史》到《野叟曝言》，"文人小说以叙述的方式对知识范畴重新加以整合，附着在人物的载体上而行使不同的政治和文化功能"。这是 18 世纪文人小说的特征。也就是说，到了这个时期，附着于"通俗"文体之上的"严肃"开始有了端倪，读小说的人，在正统的"文章"文体概念之外，也可以通过别的文体获得启蒙。18 世纪以后，小说开始在"雅道"、文人意识、精英意识上有所观念先行的建设。而这种"小船载大道"的状况，一直到五四时期，达到了巅峰。五四以后，是我们最熟悉的一百年。我们所经历的时代，是小说开始为散文分忧的时代。小说有了治国从政、教育启蒙的功能。散文不仅丧失了"载道"的话语权，也日益失去了启蒙性的自觉。散文的格局反而在日益式微。

古代散文在文学性上的建树影响巨大。如果我们认同文学本身是一种语言的艺术，那么它本身并不会受到文学权力转移的影响。好看的文章，历经时间的检验，总能让人感觉到心灵的力量。古代散文的写法，层层深入，多用排比句。即使我们古文不够好，古字不认识，也能感受到修辞的气势。修辞的气势，又指向说服力、感染力，最后，作者从中归纳出历史的规律、作战的风貌、宇宙的秩序，风格峻洁，又让人感觉到文学之美，吸引人喜欢，一读再读，读完一篇还想读下一篇。另一方面，古代散文还有一个杰出的艺术贡献，就是寓言的塑造。庄子的《逍遥游》，写大鹏飞上九万里，与蝉和斑鸠的飞上榆树做对比，十分有想象力。我们现在读《庄子》，可能还会对书中惊人的技巧，如何比喻、如何造象等等叹为观止。所以，写文章，也是书写人与自然、人与世界的关系。这种关系与其说是寻找出来的、体悟出来的，不如说是实践出来的。写作的过程，是想象人与世界"关系"的实践过程。古代哲人，提供给我们很好的方法，引领我们经由修辞，进入深邃、统一、连续的生命观中去；为我们划定了一些有趣的界限——在我们日常生活的物质世界之外，还存在一个精神世界，一个新的实在，那个世界比我们有限的生命要广大得多，有人间世诸般世相，有变迁转化、悲欣无常。我们经由文学去了解它，进而开拓自身，富足自身。

历史散文和诸子散文，成就已经非常璀璨，这是我们中国文学、中国文化的精神基础。从先秦到两汉，随着物质的丰富，文学修辞也丰富了起来，比方辞藻华丽、典故排偶、铺叙。骈体的形成，则一直要到魏晋南北朝时期，骈散结合。我们通过文学史来看待它们，经常是批评的，觉得过于形式化的东西，没有什么实际的作用。还有一点突出的变化：文章中的感情更丰富了。一开始，我们的语言仅指向说服力，指向气势，后来变成了指向一种情感层面的、视觉层面的、音乐层面的东西。有些散文，形式上是错落的，说明文体为语言提供了错落的空间和余地。这显然是一种审美意义上的追求。因为这种文学布置可能是没有实际功能的。曹植的《与杨德祖书》中有："人人自谓握灵蛇之珠，家家自谓抱荆山之玉。""人人"对"家家"，"灵蛇之珠"对"荆山之玉"，都表示珍贵的东西，但这些句子，上句下句是一个意思，可见是故意为之，为了什么呢？为了审美的需求，也诞生了很多成语。我们小时候为什么要学习成语？为了让我们写的文章更好看，为了让我们的表达更丰富。

　　西方文学也曾经历相似的过程。王佐良《英国散文的流变》一书里，提到了英文"散文"文体的诞生：

　　散文似乎可有两义：1. 所有不属于韵文的作品都是散文，这是广义；2. 专指文学性散文，如小品文之类，这是狭义。

　　一般说来，散文起始迟于韵文。最初的诗歌实际是远古丛林里、大海边、高山上人们宣泄情感的呼叫，是口头的；散文则是用来讲道理、记事、翻译宗教及其它经典等等的，是书面的，要等书面文字形成一个体系才能出现。从这个意义上说，散文是文明的产物。①

　　中古英语末期，英语才成为一种成熟的文学语言。在此之前的散文重要著作是用拉丁语写成的。这提醒我们，语言、权力和文学之间的关系，是一个漫长复杂的历史演化过程。每种语言都有自己的特色和缺陷，同一国的文学

———————————

① 王佐良：《英国散文的流变》，北京：商务印书馆，2011 年，序言及页 1。

语言本身也有"歧视链"。比如中国的文言白话，又如英国的韵文散文。对有些作家而言，俗比雅难。对有些作家（如培根）而言，写哲学著作首先使用的学术语言是拉丁文。有许多常识，需要我们在学习的过程中重新建立起认知。再或者，文胜于质还是质重于文的争论，文学与政治历史的关系，外来语言、宗教语言的渗透和同化，都可能影响一个文体，也可能有求于某个文体。文体兴衰的过程，也不是单一力量作用的结果。它可能是历史的选择，也可能根本没有答案。我们只希望能够尽量提供给散文创作者一些新颖又合理的方案和阐释，使其体会文体革新的艰难，并勇于用母语创新。

在我国古代，有关文章的理论都是散文理论。散文理论享有很高的学术地位。小说、戏剧理论反而十分薄弱。五四以后，随着小说、诗歌逐渐占据上风，加之中国留学生带回了大量的西方视野、西方戏剧理论，现代小说理论的建设与实践可以说完全压倒了传统的古典文论。我们现在讨论到文学，尤其是当代文学，小说文体是绝对强势和占据话语权的，小说理论建设也显得日新月异。而现代散文的现实处境，是看起来大家都在写作，都在阅读，但百年以来，"现代散文研究"始终难以形成自身独立的价值体系、学术概念和研究方法。另一方面，"中国古代散文"研究甚至也受到散文边缘化趋势的影响。罗书华在《"散文"概念源流论：从词体、语体到文体》一文中提到，研究"中国古代散文"不能仅限于那些抒情写景的所谓"文学散文"，"而是要将政论、史论、传记、墓志以及各体论说杂文统统包罗在内"，试图重新界定"散文"文体的疆界和权威。和王佐良的定义逻辑相似的是，当我们为"散文"做研究意义上的定义时，它包括的范围会非常广大，呈现为"不属于……（文类的）"，都应该包括在内。于是，这个问题就变得非常复杂。

1928 年，朱自清在《背影》序言中，回应胡适 1922年 3 月在《五十年来中国之文学》中论及的白话文学的成绩，同时提到了周作人散文作法的局限：

我们知道，中国文学向来大抵以散文学为正宗；散文的发达，正是顺势。而小品散文的体制，旧来的散文学里也尽有；只精神面目，颇不相同罢了。试以姚鼐的十三类为准，如序跋，书牍，赠序，传状，碑志，杂记，哀祭七类中，都有许多小品文字；陈天定选的《古今小品》，甚至还将诏令，箴铭列入，那就未免太广泛了。我说历史的原因，只是历史的背景之意，并非指出现代散文的源头所在。胡先生说，周先生等提倡的小品散文，"可以打破'美文不能用白话'的迷信"。他说的那种"迷信"的正面，自然是"美文只能用文言了"；这也就是说，美文古已有之，只周先生等才提倡用白话去做罢了……

在旧来的散文学里，确是最与现代散文相近的。但我们得知道，现代散文所受的直接的影响，还是外国的影响；这一层周先生不曾明说。我们看，周先生自己的书，如《泽泻集》等，里面的文章，无论从思想说，从表现说，岂是那些名士派的文章里找得出的？——至多"情趣"有一些相似罢了。我宁可说，他所受的"外国的影响"比中国的多。而其余的作家，外国的影响有时还要多些，像鲁迅先生，徐志摩先生。历史的背景只指给我们一个趋势，详细节目，原要由各人自定；所以说了外国的影响，历史的背景并不因此抹杀的。但你要问，散文既有那样历史的优势，为什么新文学的初期，倒是诗，短篇小说和戏剧盛行呢？我想那也许是一种反动。这反动原是好的，但历史的力量究竟太大了……

希望这只是暂时的过渡期，不久纯文学便会重新发展起来，至少和散文学一样！但就散文论散文，这三四年的发展，确是绚烂极了：有种种的样式，种种的流派，表现着，批评着，解释着人生的各面，迁流曼衍，日新月异；有中国名士风，有外国绅士风，有隐士，有叛徒，在思想上是如此。或描写，或讽刺，或委曲，或缜密，或劲健，或绮丽，或洗炼，或流动，或含蓄，在表现上是如此。①

---

① 朱自清：《〈背影〉序》，《背影》，上海：开明书店，1928 年。

周作人对"外国的影响"几乎持相反的意见①。现代散文可以是思想的物质形式，在现在看来并不算有什么问题：

我以前在重刊本《梦忆》序上曾经说过："现代的散文在新文学中受外国的影响最少，这与其说是文学革命的还不如说是文艺复兴的产物，虽然在文学发达的程途上复兴与革命是同一样的进展。在理学与古文没有全盛的时候，抒情的散文也已得到相当的长发，不过在学士大夫眼中自然也不很看得起。我们读明清有些名士的文章，觉得与现代文的情趣几乎一致，思想上固然难免有若干距离，但如明人所表示的对于礼法的反抗则又很有现代的气息了。"……

① 值得注意的是，卜立德在《一个中国人的文学观——周作人的文艺思想》中指出，周作人并不熟悉英国的 essay，他只不过借着东渐的西风，来表达自己对中国传统散文文体发展而来的新散文的意见。卜立德：《一个中国人的文学观——周作人的文艺思想》，陈广宏译，上海：复旦大学出版社，2001 年。

现代的文学——现在只就散文说——与明代的有些相像，正是不足怪的，虽然并没有去模仿，或者也还很少有人去读明文，又因时代的关系在文字上很有欧化的地方，思想上也自然要比四百年前有了明显的改变。①

谈论 20 世纪中国文学，谈论现代散文的诞生，大概都无法回避"古今东西"的大问题，名家们的意见也不一致。回看 1922 年胡适撰《五十年来中国之文学》，结尾处对散文的发展极有信心，朱自清虽然强调了"外国的影响"，同样认为现代散文是有希望的。一直到 20 世纪 30年代中期，鲁迅在《小品文的危机》一文中，还肯定了"散文小品的成功，几乎在小说戏曲和诗歌之上。这之中，自然含着挣扎和战斗，但因为常常取法于英国的随笔（Essay），所以也带一点幽默和雍容；写法也有漂亮和缜密的，这是为了对于旧文学的示威，在表示旧文学之自以

---

① 周作人：《〈杂拌儿〉跋》，《永日集》，上海：北新书局，1929 年。

为特长者，白话文学也并非做不到"。可惜的是，战争的到来，令文学问题的讨论被救亡的问题替代了，散文在很长一段时间里并没有实现五四文人的期望。直到20世纪80年代以后，就周作人、梁遇春、林语堂等的"美文"而写作"美文"的作家再度出现，此时白话文写作已进入常态，小说艺术发展神速，"艺术的散文"在语言的反动上，并没有找到更好的发力点，这是我们如今轻视散文，甚至找不到一本标准的现代散文教材的原因。

好在，我们不是研究者，我们只谈方法。只要是好的写作方法，古今中外，我们都应该学习。学会了，也可以不去用，可以扬弃它。学习的过程，本身也是辨析的过程，辨析文学作为一种语言的艺术，它到底和写作者是什么关系，它和世界又是什么关系。我们的起点，是必须知道我们写作的"散文"是什么。那么我们的结论可以是，现代散文是五四以来与诗歌、戏剧、小说相并列的一种文学体裁，是汉语构造品中具有精英传统和艺术审美价值的文明产物。用周作人的话来说："现代的散文好像是一条湮没在沙土下的河水，多少年后又在下流被掘了出来；这是一条古河，却又是新的。"①

　　与此同时，我们从高中考大学开始写的那个八百一千字的小作文，一直到大学里写的采风游记、课堂纪实、兼差写的软文、报纸副刊的千字文、影评书评球评，都不是小说，也不是诗歌，更像是广义上我们可以去写的散文。现代散文，是我们普通中国人最熟悉的文体。尽管这一百年来，散文的文学地位下降了，但人们使用散文的范围和频率并没有缩小和降低。散文的应用性大有可为，与我们社会生活的关系也非常紧密。中国台湾著名诗人杨牧曾经在一篇文章里写："诗是压缩的语言，但人不能永远说压缩的语言，尤其当你想到要直接而迅速地服役社会的时候，压缩的语言是不容易奏效的。""服役"这个词用得很妙，涉及人的生计和人与他人的关系。

　　杨牧在《中国近代散文》一文中认为：

———————

① 　周作人：《〈杂拌儿〉跋》，《永日集》，上海：北新书局，1929 年。

　　散文是中国文学中显著而重要的一种类型，地位远远超过其同类之于西方的文学传统，原因在于它多变化的本质和面貌，往往集合文笔两种特征而突出，不受主观思想的垄断，也不受客观技巧的限制。古人为文，濡墨信笔，或叙事，或记游，或议论，或抒情，思想和技巧屡迁，初无一致，然而呢文林辞苑，小品长篇，总不乏深刻的启示和趣味。通过翻陈出新的美术渲染而出之。卡莱尔之体悟哲理，罗斯金之关照风骨，里利之翰藻波涛，强生之寓言讽谏，中国散文中无不大备；其余培根、兰姆一支，则更充斥缃囊之中，更为中国文人酒后茶余分神轻易可为者。除此之外，中国散文之广大浩瀚，尚且包括经诰典谟之肃穆，庄列之想象，史传之笃实，唐宋大家左右逢源，高下皆宜；宋明小品另辟蹊径，其格调神韵对近代散文的影响更不可以道理计。除此之外，我们还有汉赋的流动，碑铭的温润厚重，序跋文体的进退合度，奏议策论的清真雅正；外加骈文的严格规律，笺疏写作的传承精神，乃至于水墨纸缘题款，尺牍起承转合的艺术，无不深入中国传统

执笔者之心。典型既多，学者不乏闻问之道；一义偶得，
体貌尚且不差，复能推陈出新，固然沾沾自喜，倘有败
笔，作者心神之不宁，更恐怕不是任何西方人写作散文时
所能够想象。

我们对于散文，无非是因为陈义高，理想大，确认它
是文学创作中最重要的一环，以故人的典型相期许，乃不
免惟惶惟恐，用功远胜于西方文人，挫折不免，喜悦
更多。①

杨牧早年以诗成名，也以诗作为艺术最高的追求，不
免轻视散文。到后来，他有了很大的转变。在《记忆的图
腾群》一文中，杨牧又写："散文必须是一件精致的结
构。"现代散文绝非松弛闲散的游戏，也非信手可以拈来，
组合配置、意象音色，皆不可忽略。所以杨牧提出了现代
散文的"三一律"：一定的主题，尺幅之内，面面顾到；

---

① 杨牧：《文学的源流》，台北：洪范书店，1984 年，页 53。

一致的语法，音色整齐，意象鲜明；一贯的结构，起承转合，无懈可击。他同时主张散文不妨实验小说、诗歌、戏剧的体裁，侵略其他文类的领域；散文亦不妨多多学习现代诗的排列组合与音乐效果，更应注重古人起承转合、破题收尾的技巧，以达成结构上的建筑与绘画性。因为他深信阳光底下没有太多新鲜的事，而文学之繁复，全赖表现手法之翻新。这种理念如果用一句话来总结，正是《搜索者》一书前记中最后所说的："现代散文务求文体模式的突破，这是我的信念。"

这也是本书写作的信念。

第一讲

散文的灵感

1

在 引论部分，我们谈到了中国古代散文的历史、英国散文的定义、现代散文类型的分化和现代散文的处境。如若对中西散文分类有兴趣，还可以参看陈平原的名著《中国散文小说史》① 及孙景鹏的文章《现代散文分类论析》②。我们读中学的时候，就常听老师说"什么是散文"，散文要写"真情实感"，要"形散神不散"，散文中"一切景语皆情语"，这些话说起来简单，做起来却非常困难。它似乎意味着，现代散文尤其是当它进入义务教育的文学课堂后，开始强调"情"，和周作人所言"在理学

---

① 陈平原：《中国散文小说史》，上海：上海人民出版社，2014年。
② 孙景鹏：《现代散文分类论析》，见《东吴学术》2020年第1期，页74—80。

与古文没有全盛的时候，抒情的散文……在学士大夫眼中自然也不很看得起"完全不一样。这背后的原因，或许是我们无意识实践了五四以来对于古典散文书写范式的反叛，我们已将"抒情的散文"作为基础写作教育的重要一环。这背后有漫长的变迁，古人文章里的神与情，处处牵连着家国兴亡，古代散文要承载的意义是天道，而不是趣味。直至晚近，随着现代小说为散文的社会责任分忧，精英作家的个人气质与"散文"这个古老的文体相互赋形，形成了新气象。一百年后，我们开始在散文里自然而然地关注个人，关注家庭，关注儿童和青少年的感受，关注情趣和灵性。

初学者学习写作，最大的问题不是没有内容、没有情感的问题，而是胸中有一团不可名状的素材，不知道如何准确地输出，也不知道最适切输出的形式是什么，是散文、小说还是诗歌，还是这些类别之外的文体。作文比赛经常打出"和课堂作文不一样"的旗号，吸引年轻学生投稿。这说明写给学校和考试的文章，带有广场性、社会性和表演性。在既有的规范写作之外，还存在一种可以写的、不知道是什么的、非虚构类型的文章，这是我们心知肚明的事。往往，真正引发创作灵感的，正是这一类文章。当学生还没有远见建构和思虑到读者问题的时候，创作的力量就已蠢蠢而动。简而言之，那个失眠的夜晚体会到的不安分的表达欲望就是"灵感"。无处投递，亦是这种"灵感"来临的契机之一。

商伟有一篇很有意思的文章《比较中西文论中关于创作灵感的一些认识》，文中提到，在西方最先使用"灵感"一词于文艺创作的是德谟克利特。在中国古代，虽然没有"灵感"一词，但从陆机的《文赋》开始，就对创作灵感以及创作时的感情、心理状态有了较多的描述。《文赋》有一个有趣的贡献，就是提出了"创作论"，这可以说是中国"创意写作散文课"原典式的文本：

其始也，皆收视反听，耽思傍讯。精骛八极，心游万仞。其致也，情曈昽而弥鲜，物昭晰而互进；倾群言之沥液，漱六艺之芳润；浮天渊以安流，濯下泉而潜浸。于是沉辞怫悦，若游鱼衔钩而出重渊之深；浮藻联翩，若翰鸟缨缴而坠曾云之峻。收百世之阙文，采千载之遗韵，谢朝华于已披，启夕秀于未振；观古今于须臾，抚四海于一瞬。

……

若夫应感之会，通塞之纪，来不可遏，去不可止。藏若景灭，行犹响起。方天机之骏利，夫何纷而不理。思风发于胸臆，言泉流于唇齿。纷葳蕤以馺遝，唯毫素之所拟。文徽徽以溢目，音泠泠而盈耳。及其六情底滞，志往神留，兀若枯木，豁若涸流，揽营魂以探赜，顿精爽而自求。理翳翳而愈伏，思轧轧其若抽。是以或竭情而多悔，或率意而寡尤。虽兹物之在我，非余力之所戮。故时抚空怀而自惋，吾未识夫开塞之所由……

稍后的《文心雕龙》也有相似的说法：

文之思也，其神远矣。故寂然凝虑，思接千载；悄焉动容，视通万里。吟咏之间，吐纳珠玉之声；眉睫之前，卷舒风云之色。其思理乏致乎……

艺术创作的冲动是具有相似性的，近乎神灵附体、古今须臾、四海一瞬不是一个人的日常生活状态，而是艺术家的创作状态。由此奇异的心理环境产生的震撼，借助语言来表情达意，幸而得以经由语言展现其灵感的关顾，这便是艺术作品中的文学。也有艺术家不通过文学来描述这样的时刻，他经由音乐、美术、舞蹈……更倾向于一个内涵的世界，是旁人无法掠夺的自足的个体。这个个体平时是怎么样的气质，他进入酒神状态时，就会放大他的特征，呈现出非凡的"珠玉"之象。

对大多数人而言，这种状态可遇不可求，是偶然的、不常见的，故而艺术家总是很痛苦，因为体验过极致纯粹的"应感之会，通塞之纪"，就再难回到日常枯燥的世界中。痛苦本身又有净化功能，促使受苦的人获得益处，几经磨折的心灵，因为自我折磨而变得更加敏锐、警惕，也使得下一次灵感之神突然造访时，创作者得以很快辨识，心领神会，不顾一切地冲入热烈的炭火中。如果创作者经常遇到这样的时刻，那他大可不必阅读这本书，也不必阅读所有的创作课程。如汤显祖说，"自然灵气，恍惚而来，不思而至，怪怪奇奇，莫可名状"，一直处在那个怪怪奇奇的状态里，不太可能是个精神正常的人，也不太可能被身边的人所理解。我们为什么可以坐下来讨论这件事？因为我们大部分人都是普通人，具有一些才华，经历过一些闪烁的灵韵，更因为我们相信总有一个冷静的、理性的状态，向往或偶然经历过那种"仓卒忽至"状态的人们可以坐在一起，回溯历史中超常发挥的艺术样本里，可能存在的实践规律。我们可以学习它们，学习是为了做好充分的准备以等待（那个灵感时刻的来临），而不只是为了那个时刻将至未至时机械的模拟。我想，在无垠的、神秘莫测的世界万象中，总有一天我们会等来属于自己的那样的时刻，令我们感觉到智慧的光彩和摄人心魄的语言之美，经由我们的思想呈现为新的创造。故而这样的共识，我更倾向于认为是一种信念。相信，就可能有。不相信，也决不会恩赐给你。假设一个人只读中国的文章，一点外国文学的常识也没有；假设一个人只读文学，从来不听音乐，也不爱美术，那么他将无从辨识那些华彩时刻，亦将无从挑选自己到底应该通过哪一种艺术形式（文学、美术、音乐……）来诠释心游万仞的自在，或语言也是不足的……既没有特殊的形式，也没有特殊的内容，又何来特殊的作家作品？

　　由此说来，所谓灵感，不过是郑板桥画竹提出的"眼中之竹——胸中之竹——手中之竹"。由"胸中之竹"到"手中之竹"的"倏作变相"，就是灵感。从"眼中之竹"到"胸中之竹"，是知识和岁月。一到落笔，是瞬间的事，瞬间促成的因缘，与其说是神灵眷顾，毋宁说在平日的艺术生活中，创作者相信有那样的时刻并曾为那样的时刻做着许多不连贯、不相关的练习。在前人的笔下，他见过眼前的世界不曾见过的"竹"，于是去找过。在眼前的世界，他见过前人没有见过的竹，于是记在了心里。手上的笔、墨、纸、砚，是刻意练习的掌握。他知道自己的基本性质、自然的基本性质，以及表达媒介的基本性质。在极致灵敏的感应下，终有一日，他能找到属于自己的、最耐人寻味的词语、颜色或韵律，表达日积月累的沉思之下深厚的迸发。

"长期的艺术实践和艺术技巧的掌握正是艺术表现的准备，也是灵感赖以呈现的基础。但是，值得注意的是：创作灵感除表现为认识过程的飞跃以外，还带有大量的感情和心理活动的因素，因此，刻苦的劳动、潜心的求索与灵感之间的关系显得更加微妙，不像一般的认识活动那样具有直接和明了的因果关系。灵感的出现有必然性的一面，也有偶然性的一面，并且由于这种必然性是潜藏着的和间接的，所以诗人和作家一般都着重说明灵感的偶然性，指出它不受意志支配的一面。"[①] 作家强调创作中偶

① 商伟：《比较中西文论中关于创作灵感的一些认识》，见《国外文学》1982 年第 3 期，页 35。

然性的部分，在于他们无法通过理论来解释自己和世界的关系，他们更擅长处理的，是营建自身心理活动与外部世界之间作为媒介的艺术语言，但他们既不清楚这种媒介是如何形成的，也不知道自己掌握的语言如何成为了这样的媒介。

有趣的是，我们常会遇到这样的学生。他们不只学习创意写作，平时也唱歌，也跳舞，也画画，也写书法……跳舞的学生跟我说，有些感情，她用写作是无法表达的，她只能跳舞。有些同学跟我说，那一位散文家，他一定会画画，不然他不会写出太阳光的颜色和光晕，或者那一位散文家懂的是西洋画，因为他懂透视。复旦大学戏剧（创意写作）专业曾经邀请过舞蹈家舒巧来授课。1988 年，王安忆在一篇名为《小说的物质部分》的文章里谈到舒巧的舞剧观到 1985 年 5 月为止经历了三个阶段：

第一个阶段，是从 50 年代到 60 年代，她强调可舞性，就是以具备不具备舞蹈性来决定题材。可是她逐渐发

现这种舞蹈性实际上是把"以舞蹈表现生活"降低到
"表现生活中的舞蹈"……于是她开始转向第二个阶
段……她放弃了可舞性，而主张从人物和剧情出发选择题
材。可是，岳飞（舞剧《岳飞》）仍然没有自己的形体
动作来表达自己的内容。然后，她又重提可舞性，但这不
是早期的那个素材性质的舞蹈性，而是从抽象的动作表达
的可能性出发寻找题材。舒巧的第一个阶段，是一个素材
的阶段，着眼点在于原始的材料，即生活中的舞蹈；第二
个阶段，是思想的阶段（令我发生兴趣的是，无论是舞蹈
家、作曲家、画家，思想总是以一种文学性表现的。这且
是后话）；第三个阶段，则是思想物质化的阶段。在这一
个阶段上，舒巧遇到了困难，就是前面所说的，民族舞剧
缺乏一个固定的技术手段。也就是说，舞剧的物质部分的
残缺不全，无以完成思想的物质化……①

---

① 王安忆：《小说的物质部分》，见《故事和讲故事》，上海：复旦大学
出版社，2011年，页8—9。

　　我们总是在谈素材与灵感，好像有了素材，有了灵感，写作就发生了。事实却并非那么简单。它的复杂之处在于形式的适切，假设我们的素材仅限于我们的人生经验、我们看到的他人的人生经验、我们看到的历史经验、我们看到的大自然，那么为什么是文学，而不是其他艺术形式来实现灵感更适切呢？这是第一个问题。第二个问题，假设我们除了文学一无所长，唯有经由母语才能纾解胸中之气，那么为什么是散文，而不是诗歌或小说？这是文类，或者说文学形式的辨析。第三个问题，以散文语言来表现生活，分成了可以表现出来的情感以及不足以表现出来的情感，在不足以表现出来的生活情感和虚构语言、被压缩的语言之间的空间，灵感之神又刚好光顾了那片不毛之地，散文能为此做些什么呢？再者，散文的思想与物质部分的划分，在中国古代文论中是脉络相对清晰的，那么到了现代散文，它的理路又是如何延展的？我想，要说好这个问题，恐怕还是要回到我们对于语言的认识中。

第二讲

散文语言的物质性

2

上一讲我们讲了"散文的灵感",这本来是一个颇为浪漫、玄幻的话题,最终却嫁接到了一个严肃的问题上,即散文语言的物质性。在我看来,现代散文文学地位的旁落,与这一问题始终被遮蔽是有关系的。我们谈散文研究,总是先谈"分类"。根据孙景鹏的爬梳,1924 年 2 月 21 日、3 月 1 日,散文家王统照在《晨报副镌·文学旬刊》发表了名为《散文的分类》一文,借鉴美国学者亨德(Theodore W. Hunt)《文学概论》(*Literature: Its Principles and Problems*)中的分类法,依据"散文的性质与其趋向"将"纯散文"分为以下五类:历史类的散文(亦称"叙述的散文")、描写的散文、演说类的散文(亦称"训诲散文")、教训的散文(亦称"说明散文")、时代的散文（亦称"杂散文"）。这是五四以后较早出现的现代散文分类，显而易见的是，那时的散文依然肩负着"载道"的自觉，无论是历史、言说、教训还是时代，都偏理性，偏思想。这也符合散文历史的规律。以散文来表现思想、表现天道，是符合古人的文学经验的。我们现在想当然觉得写散文没什么大不了，写散文远不如写小说难，但是对于20世纪初的文人来说，到底要把什么样的内容放到现代散文这个形式中，还是一件值得探索的事。

1935年，郁达夫编撰《中国新文学大系·散文二集》并撰写导言，文中曾论及"散文的外形"：

　　是没有韵的文章。所谓韵者，系文字音韵上的性质与规约，在中国极普通的说法，有平上去入或平仄之分，在外国极普通的有长音短音或高低抑扬之别。照这些平仄与抑扬排列起来，对偶起来，自然又有许多韵文的繁琐方式与体裁，但在散文里，这些就都可以不管了，尤其是头韵脚韵和那些所谓洽韵的玩意儿。所以在散文里，音韵可以不管，对偶也可以不问，只教辞能达意，言之成文就好了，一切字数，骈对，出韵，失粘，蜂腰，鹤膝，叠韵，双声之类的人工限制与规约，是完全没有的。

不过在散文里，那一种王渔洋所说的神韵，若不依音调死律而讲，专指广义的自然的韵律，就是西洋人所说的Rhythm 的回味，却也可以有……

……把散文分成了描写（Description）叙事（Narration）说明（Exposition）论理（Persuasion including Argumentation）的四大部类；还有人想以实写，抒情，说理的三项来包括的。①

郁达夫更愿意谈论"散文的心"：

我以为一篇散文的最重要的内容，第一要寻这"散

①　郁达夫：《导言》，见《中国新文学大系·散文二集》，上海：良友图书公司，1935 年。

文的心"……有了这"散文的心"后，然后方能求散文
的体，就是如何能把这心尽情地表现出来的最适当的排列
与方法。到了这里，文字的新旧等工具问题，方始
出现。①

在贺玉波的《小品文作法》（1934）、郁达夫的《中
国新文学大系·散文二集·导言》（1935）中，我们可以
略微感知到，20世纪30年代开始，"情"在散文文体中
的重要性开始往前提，情的背后是个人，是日常生活，而
不是历史、天理、国家。值得注意的是，郁达夫对散文的
期许，基于他对五四运动的深刻体察，他将现代散文的未
来命运与这场运动的效果做了联结：

五四运动的最大的成功，第一要算"个人"的发现。
从前的人，是为君而存在，为道而存在，为父母而存在

① 郁达夫：《导言》，见《中国新文学大系·散文二集》，上海：良友图
书公司，1935年。

的，现在的人才晓得为自我而存在了。我若无何有乎君，道之不适于我者还算什么道，父母是我的父母；若没有我，则社会，国家，宗族等那里会有？以这一种觉醒的思想为中心，更以打破了械梏之后的文字为体用，现代的散文，就滋长起来了。

现代的散文之最大特征，是每一个作家的每一篇散文里所表现的个性，比从前的任何散文都来得强。

……

现代散文的第三个特征：是人性，社会性，与大自然的调和。①

郁达夫当然不会知道，这种联结的走向并不乐观。即将到来的战争改变了一切。汉语本身的命运也随战争发生了新的漂泊和演化。散文的思想与物质，从天道与无韵白话文的磨合，走向了救亡，走向了1949年的分野。人性、

---

① 郁达夫：《导言》，见《中国新文学大系·散文二集》，上海：良友图书公司，1935年。

社会性与大自然的调和并没有充分的机会以摸索出一条理想的路径。小说以其通俗本质，更好地适应了时代，驾轻就熟地处理新的故事、新的欲望、新的世俗人情。散文真正从理论上的"不属于……（文类的）的都是"，走向了实质上的，写那些诗歌、小说写剩下的东西。这是很可惜的。散文以文字和语言物质化，除了令我们联想到余秋雨的文化大散文和报纸副刊的千字文之外，很难找到更典范的发展。

对年轻创作者而言，理解语言的物质性可能比较困难。在此展开谈一谈。

在使用汉语写作的地区，包括中国大陆、台湾和香港地区，以及海外一些地区，通过表达方式的差异，语言的物质性更容易被凸显出来。什么叫作语言的物质性？就是倘若我们将语言看作一个表意的材质，当我们选择这个词语、这句句子进入我们型塑心灵生活的创作活动中来的时候，我们会发现，即使是同一种语词，也会生发出不同的语义，产生不同的审美功能。譬如说，有些语言是有历史性的，是有时间感的，是曾被广泛使用后来又不用的，是会因为历史变迁自行漂泊的。语言和语言之间的边界，也会创造很多新问题。我们理解并喜爱的当代文学作品，其实都是 1949 年以后的作品，运用的材料语言就是 1949 年后的白话文。1949 是一个非常重要的年份，它是一个大裂变。往大里说，1949 年发生了一场人类历史上最大型的迁徙活动，涉及百万人，而且这不是一场陆路的迁徙，而是一场渡海迁徙；不只是人与人的裂变、人与人的远游，而是人被时间吞没了。我们的日常语言也发生了重大的迁徙。日常语言不一定都能成为文学语言，但文学语言却有可能随着日常语言的嬗变而嬗变。这种变化所产生的差异大大地影响到了文学，影响到了我们对于语言本身的想象力。有一部分遗留的时代精神，后来也延伸到了电影、电视剧等种种想象空间里，上海话都能成为一种"物质性"的符号，和广东话、四川话一样，经常点缀在其他形式的艺术作品中，像艺术道具。尤其是海外华语文学，特定的语言和表达方式一旦出现，就代表着一种时代精神。这是可以被剪裁、人为布置的。甚至这种剪裁与布置，不能被认为是严格意义上的虚构。它提醒着我们文章可以怎么写，作家刻意选择没有写出来的部分，是不是可以成为一种重要的提示。

如台静农的散文《始经丧乱》，是作者用不统一的时间单位写的流水账，"一九三七年七七事变发生时，我到北平刚四天"，"几天后，听说我们的驻军撤退了，偌大的历史文化古都，已无防御，空了"，"七月三十日敌军进了北平城"，"约在八月初平津铁路通车了，我定在通车第三天离北平"，当中插播了空间的位移：魏建功家；火车站；"从天津到南京浦口的火车，早已断了，只有搭开滦煤矿的小火轮先到烟台"；"船经过唐山"；"从烟台搭长途汽车去潍县"；到了济南，"搭上火车抵达绾淮南交通的蚌埠"。到了南京，见到胡适，又出现时间，"事隔半世纪"，然后又回到胡适日记里提到的轰炸当日自己做了什么，精确到"午饭后"之类的时间标志，最后一段连带写作时间都参与到我们的阅读过程中来：

　　我从沦陷了的北平出来，经过海陆线，不知千几百里，都平静无战事似的，而到了首都，竟置身于敌人的弹火下，真是出乎意外而无可奈何之事。虽然，"国破山河在"的时会，这不过是我身经丧乱的开始。

一九八七年七月

　　这是《始经丧乱》文章的结尾，作者却写那只是开始。开始之后的事，他就没有再写了。

　　这可以看作一种有效文学布置，是写作者无意间做到的，对他来讲，只不过是一段回忆。回忆的剪裁对于写作有深远的意义。1987 年 7 月，在台湾三十七年戒严令解除之后的一年，台静农回忆往事，写下了一篇可以精确到七七事变发生后的每一天的文章，记得自己因为战争爆发辗转经过的每一个地方，记得在烟台吃的面条，碗底的苍蝇，交秋晚凉……记得每一个经过的友人……最后他说，"这不过是我身经丧乱的开始"，我想大家都可以体会到力量。这种悲剧力量似乎和作家梁衡那种选取历史人物最困难的时候写起，引用诗句佐以强调的文学功能不同。我们现在知道台静农是一个书法家、文学家。1920 年，台静农在北京崭露头角，深受鲁迅器重。抗战期间，他在书法这种抽象的美学形式中发现了寄托。1946 年因缘际会赴台任教，从此放弃文学，专攻书法，和沈从文很像。表面上看这是一个文学选择、人生选择，转向背后却有非常大的创伤，离散的创伤。台静农转而呈现文字的"表面文章"，也就是书法，有他自己的道理。1990 年，台静农过世，晚年他特别喜欢写一句话，就是人生实难，大道多歧。也就是在 1987 年，他写完《始经丧乱》之后不多久，就离开了人世。陶潜《自祭文》中，"人生实难"一句后紧接着"死如之何"；《列子》中"大道以多歧亡羊"之后的顿悟是"学者以多方丧生"。这里面都有死亡的暗示，或者说，死亡的知晓。大家提到喜欢的作家如齐邦媛、萧红，她们立足于某种特殊历史时期中的个人，时时刻刻在光临生命的真相、死亡的真相，我们这样和平年代的人，对困境的想象力是远远不够的。这可能是我们的幸运，也可能是我们的不幸。我想提醒大家的是，"悲剧"这样东西，没有来临的时候，我们没法迎上去。来的时候，不去书写的那个文学动作，力量可能会比书写还要大。

此外，关于文学布置，视觉之感也可以作为物质性的艺术效果。

我是做《西游补》研究的，研究明代的董说怎么处理写作中的颜色和陌生感。《西游补》色彩丰富，颜色字极多："不到五万字的小说正文中，'青'字出现了206次（包括'绿'字62次、'翠'字27次、'碧'字12次），'红'字出现了83次（包括'赤'字19次、'朱'字8次），'白'字（包括指颜色的'素'字10次）出现59次，'金'字59次，'玄'字49次（包括'黑'字17次），'紫'字32次，'黄'字32次。"这种对于色彩铺张的写法，调度了读者的视觉经验进入故事之中，同样模糊了文字与影像的边界。

《西游补》第一回中出现了百家衣：

我到家里去叫娘做一件青苹色，断肠色，绿杨色，比翼色，晚霞色，燕青色，酱色，天玄色，桃红色，玉色，莲肉色，青莲色，银青色，鱼肚白色，水墨色，石蓝色，芦花色，绿色，五色，锦色，荔枝色，珊瑚色，鸭头绿色，回文锦色，相思锦色的百家衣。

读者也许并不知道"断肠色""比翼色""相思锦色"等是什么颜色，它们却镶嵌其中。包括万镜楼的镜子，即使是现代人，可能都从未见过那么多种类的镜子。至于"自疑镜""不语镜""不留景镜"是什么隐语，更难说明。

如第四回中行者入万镜楼，见到：

天皇兽纽镜，白玉心镜，自疑镜，花镜，风镜，雌雄二镜，紫锦荷花镜，水镜，冰台镜，铁面芙蓉镜，我镜，人镜，月镜，海南镜，汉武悲夫人镜，青锁镜，静镜，无有镜，秦李斯铜篆镜，鹦鹉镜，不语镜，留容镜，轩辕正妃镜，一笑镜，枕镜，不留景镜，飞镜。行者道："倒好耍子！等老孙照出百千万亿模样来。"走近前来照照，却无自家影子，但见每一镜子，里面别有天地日月山林。

入魔越深，孙行者看到的东西越不知道是什么。作者是这样通过平面的文字，制造了陌生化，制造了所谓叙事的魔镜。还有诸如经验的陌生，亦可以作为语言物质性的表征，经由花果飘零的词语本身，生发出情感和艺术的生命力。

有一个问题经常被提到：散文中要不要（能不能）讲故事？散文中能不能做梦？法国哲学家柏格森说，讲故事是人类文化的功能之一。这一点已经没有很大的争议。但是故事怎么讲法，是用小说的容器讲，还是镶嵌在别的文体中呈现，就很复杂了。古往今来，哪里有人，哪里就有叙述。浦安迪的《中国叙事学》提到，说到底，叙事就是作者通过讲故事的方式把人生经验的本质和意义传示给他人。西方文学又分三大体式——抒情诗、戏剧和叙事文，都是表现人生经验的本质和意义，但叙事文侧重于表现时间流中的人生经验，或者说侧重在时间流中展现人生的履历。任何叙事文，都要告诉读者，某一事件从某一点开始，经过一道规定的时间流程，而到某一点结束。我们可以把它看成一个充满动态的过程，即人生许多经验的一段一段的拼接。我们可以这样说，抒情诗直接描绘静态的人生本质，戏剧关注的是人生矛盾，唯有叙事文展示的是一个连绵不断的经验流中的人生本质。许多不是从事散文的艺术家，也会通过散文的形式写作这种"连绵不断的经验流中的人生本质"。经验的陌生制造了语言的陌生。

譬如贾樟柯写自己 1993 年考上电影学院的时候是什么感受，这很有趣，也很常见。未来，可能 2040 年，你们也会写一篇文章回忆某一次开学典礼。贾樟柯怎么说的呢？他说："我觉得他们都是孩子，不像我，在社会上待过……尤其是，我已经挣过钱了……我身上还带着一笔自己挣来的钱。"我不知道你们听到这样的话是什么感受，我看到的时候其实内心一沉，我觉得这里面是有生活的，有很沉重的经验，也有我们现在听到的，学界关于张爱玲的非常时髦的论述"把我包括在外"。"把我包括在外"最早是张爱玲在 1979 年台湾《联合报》上发表的文章题目，把副刊"文化街"栏目的一个填表邀请，转化为其在文化政治中的宣言。实际上，贾樟柯在开学典礼上，觉得自己和别的新生不一样，也是"把我包括在外"。他的理由来自他对于金钱的看法，金钱的背后所辐射的种种复杂的，被玷污的天真的身体、精神。但他没有说："我和其他学生不一样，我上过班的，我比他们成熟，我比他们有社会经验。"他说："我身上还带着一笔自己挣来的钱。"我觉得这是很打动我的一种力量。这种力量可以来自生活经验，也可以来自词语本身的陌生感，代表着艺术家看待世界、看待人的一种方式。贾樟柯的另一篇散文，《时光煮海》的序言，写他和侯孝贤的关系，他第一次看完电影《悲情城市》回家：

那天，在车来车往中看远山静默，心沉下来时竟然有种大丈夫立在天地之间的感觉。这是我第一次看到"悲情"这个词，这个词陌生却深深感染了我。

为什么陌生？因为我们国家当时的主流抒情中其实很少出现这个词。导演是通过一个语词的陌生，开始感受到天地之间可以命名及不可以命名的东西的。这是一种生活的静默，启迪发生得很偶然。当陌生的"人生本质"先行以词语的形式浮现在他眼前的时候，他觉得自己被击中了。现实让人有千言万语要说，这个触发的点居然可以是语言。北岛说我们的语言因为有太多功能，以至于被我们差不多像钞票一样使用过度，变旧了。我们仍然可以从日常语言之外，找到令我们感到陌生的汉语，这是我所认为的"散文的心"，即对于汉语的新发现。它可以是词语，最好不被压缩，最好以自然的形态照亮我们连绵不断的经验流，又让人惊异。它应该指向"情"。

情感的质量

3

上一讲我们谈到了语言的物质性，将之用于写作，我们可以通俗地理解为，语言本身是可以展示其装饰功能的。首先，汉语的字形结构本身就具有视觉感，如果我们看《西游记》孙悟空当值弼马温一节，就可以看到许多诸如"骅骝骐骥，騄駬纤离；龙媒紫燕，挟翼骕骦；駃騠银騔，騕褭飞黄；騊駼翻羽，赤兔超光"的描写，这些"马"字旁的汉字就是装饰。另一种语言被通俗化的装饰功能，就在于社交媒体上的黑字"小金句"，除了传播上的意义，"小金句"对文学的意义不大，因为拿掉它们也不会影响什么，没有一部文学作品的意义是靠一句或几句"小金句"支撑起来的。第三种语言的物质性的表现，在于它歧出意义的历史性。汉语是如何成为一种物质形态、物质符号，从而进入文学语言中，甚至成为历史符码的呢？譬如胡风的"时间开始了"、沈从文的"这个人也许永远不会来，也许明天回来"、张爱玲的"我们回不去了"，作家在写作这些句子的时候可能是无意识的，也未必将之当作一种时代的召唤，但语言似乎有着自己的命运，也就是唐君毅所言的"花果飘零、灵根自植"。历史的创痛经由时间的滤镜，令语言自身漂洋过海，历经复杂的变异，最终凝固为某种歧出的历史意义。意义的歧出似乎是来自时间的流逝、历史的嬗变，但更重要的是，艺术家在当下感知到了什么，他们用年轻的、敏锐的、感性的知觉大面积冲撞过怎样的外部世界，构筑成心灵的山河，最终留在了读者的心中。

我们提到了语言的暗示功能，举了台静农的名篇《始经丧乱》的例子，台静农非常娴熟地运用语言的暗示功能，"人生实难，大道多歧"，他省略的部分，可能才是最触目惊心的关隘。他刻意引导读者避开创伤本身，却也指给我们看到抵达创伤现场的路径。仿佛在他那里，我们了解到在写作里直接触及创伤是一种获取力量的捷径，但作家完全可以不这么做，也依然带着力透纸背的心灵力量。

当我们进入专业读者的自觉中，理当要能够分辨所谓"金句"和真正的文学语言之间的差别。写作金句其实是很容易的，正如比喻也是容易的。我们很容易找到很会装潢句子的情感博主，或者丢出刻薄比喻的网红作家，最终所能汲取到的力量却很微弱。林庚先生的《唐诗综论》中写唐诗的好，在于"易懂而印象深，易懂也还不算难得，难得的是能给人留下那么深的印象。更难得的是，小时候就背熟了的诗，今天再读还是觉得那么新鲜。这新鲜的不是那个道理，道理是早就知道的了，新鲜的是对于它的一种说不出来的感受。仿佛每次通过这首诗，自己就又一次感到是再重新认识着世界"。林庚先生的高徒、哥伦比亚大学的商伟教授在一篇谈及翟永明诗论的文章里，则将这种"说不出来的感受"，延伸为"它说出了每个人想说但又说不出的话"。这其实就是艺术语言不同于日常语言之处，归根结底意味着写作者是怎样认识世界的，是不是带有一种新鲜的启示，意味着写作者是怎样认识语言的，是不是对语言具有相当的敏锐度和想象力。我们和唐诗作者面对着相似的山河、相似流淌的时间、相似的生死大限、相似建构的友伦故事（相逢或惜别），但我们是怎样描述和提炼这些熟悉的事物的呢？而散文又能为这些"早就知道的道理"做些什么呢？

关于这个问题，给我最大启迪的文章，是王安忆写于1995 年的《情感的生命》，收入她编选的散文集《王安忆选今人散文》。她直指"散文的心"在于"情感"，回应了六十年前郁达夫遥远的期许。

首先，王安忆强调，散文不是虚构的，和诗、小说不一样。散文在情节和语言上都无文章可做，凭的倒都是实力。无处借力，只能做加法。只能好了还要好。这是散文的语言处境：无处凭借，没有形式。杨牧也曾在《散文的创作与欣赏》一文中提出相似的观点，优秀的现代散文有一项特质，是西洋文学和古代散文几乎梦想不到的，它能

"化有为无"，也能"无中生有"（见《文学的源流》页83）。其次，真实所感、真实所想的质量，直接决定了散文的质量。散文是什么呢？情感的试金石。任何事情都可以拿来作题目，但资源有限。它是真正的天意。王安忆老师举了加缪与张爱玲的例子做对比。有一句话值得重视："这是经过理念高度总结之后的感性果实。"什么意思呢？好的创作需要理性地运用感性，需要写作者对思想有感情。这个描述非常精彩。高度理性其实是非常痛苦的觉醒过程，女性尤其天然回避着使自己成为高度理性的人的要求，原因很简单，外部社会对女性没有这样的要求，对女性的散文也没有这样的要求，我们缺乏这样的训练。但至少，感时伤怀的情调肯定不是高度理性，不稳定的情绪也不会是高度理性。

这可能与我们的时代处境有关，一切都是快速的，快速不足以孕育深厚。我们好像确实没有追求蓬勃思想的动机，我们更喜欢黑体字所能标注的观点，为的也是快速浏览。与此同时，我们没有鞭策写作者应该对思想本身做出

更深层次的探索。在《情感的生命》里，王安忆批评了
张爱玲，认为张爱玲是以实写虚的高手，说东道西，使得
白话文丧失了"明白"的优点，这带坏了她的粉丝，"在
煽情和滥情的空气底下，其实是情感的日益枯竭"。"张
爱玲原本是最有可能示范我们情感的重量和体积"，但她
不知为何放弃了。关于散文的意境，王安忆提到了中国古
代诗词中"深哀浅貌、短语长情"的审美方式，隐和略
的笔法，追求的是意境，但意境和趣味却会瓦解尖锐。王
安忆举了加缪的《灵魂之死》作为范例，认为这篇作品
是智性散文的写作方式，写"孤旅"，"个人的体验于他
并不仅是财富，要给予他享受的，而是像灾难一样，它一
旦降临，便意味着要开始一场艰辛的精神跋涉，前途叵
测"。"尖锐和痛苦"是情感的质量的来源。用情感的锐
力开拓与突破第一块石壁，为理性开道。这是王安忆的看
法，也是她一贯的审美方式。

　　有很长一段时间，我都在思考"情感的质量"的标
准到底是什么，我们又该如何从生活中获取"情感的质

量"。我们该如何运用现代语言，在较短的篇幅里描述清
楚对于世界、对于人生的不满足？我们要如何界定虚构与
非虚构？我们是不是可以把去年的梦境剪裁入今年的某个
雨天的午后？这种剪裁算不算是一种虚构（即使两件事情
都是"真实"发生过的）？什么是散文的"真实"？在此
虚构与非虚构的壁垒之下，现代散文真正的权力范围又在
哪里呢？

　　要解释这些问题，或许要厘清汉语写作根本问题的认
知，即：情感到底是不是可以用有限的汉语词语来表达？
在此之前，外部世界究竟是不是可以用语言表达？语言
的边界是否为审美上永恒的盲区？我们通过什么样的文
体来探索这个盲区呢？这一连串的问题虽然不能帮助我
们很快地完成一篇散文的写作，却可以提示我们一些极
其重要的信息，即我们所亲历的生活，在散文里应该是
什么样的。

　　1963 年，余光中在《文星》第六十九期写作文章
《楚歌四面谈文学》，文章写道：

　　感情并非文学。……我们常说，嬉笑怒骂，皆成文章。我们也常说，大块假我以文章。因此我们常有一个幻觉，即感情本身或自然本身就等于文学，同时，愈强烈的感情或者愈美丽的自然，等于愈动人的文学。

　　这是非常错误的。嬉笑怒骂是人性，大块是自然，它们都是文学要处理的对象，但是不等于文学本身。原封不动的感情，只是原料性的第一经验，必须经过艺术的选择和加工，始能蜕变为成品性的第二经验……诗人对于感情，既能深入，又能复出。在感受现实的经验时，他可能和常人一样沉浸其中，不胜低徊，可是在处理这些经验时，他必须身外分身，痛定思痛，不能泪眼模糊，以致妨碍视线。

　　……

　　每个人都有喜怒哀乐的经验，甚至还有不可名状的神秘感觉。这些经验和感觉，是普遍的，也是个人的，因此每个人多少都懂得那是怎么一回事。但是并非每个人都知道如何去表现它们，也不是每个人都能决定表现的成败。①

　　余光中谈的是诗，但仍给我们很大启发。我们的感情不都是文学。用文字书写下强烈的感情，也不都是文学性的。经过文学性处理的感情，是会发生失败的。热爱文学的人潜意识中都相信着语言的可传达性，就连可传达性，都是可疑的。我们通过文字建构意义，我们通过文学从苦恼的、纷乱的日常生活世界里提炼美、提炼价值。但事情并不真的如此顺遂。首先，语言是有限的。如果不从事文学工作，或者年纪不够大，母语的词汇量都是有限的。当日常语言和文学语言交叠时，语言的实用性被凸显了，艺术性也就降低了。我们的词汇量不足以表达我们的感受，就算词汇量够大，现有的语言边界也框定了局限，即我们无法表达这门语言没有命名的感受。

　　其次，世界的运行有既定的物理规律（有些写作者

①　余光中：《楚歌四面谈文学》，见《逍遥游》，台北：大林出版社，1976 年，页 15、19。

也企图通过小说打破这种规律），人生故事却可能是无头无尾的。我们爱一个人，又突然不爱了，这里的"我们"除了爱人，居然也可能会是"亲人"。我们生活过得好好的，面带微笑谦恭有礼不烟不酒，疾病却突然来临，这到底是为什么（许多宗教也在解决这件事，解决义人为何受苦的大问题)？我们想好了下次见面要对在意的人说些什么，却仿佛再也没有了下次。我们早就说好了要当一辈子的好朋友，可有一天在奋力地开了一个玩笑之后，你突然觉得青春的欢聚再也回不去了，这好像也是生活常态。这种复杂的感受多少令我们困惑，令我们感到不满足。还好有写作，可以让这些没有规律的事，以人的意志修正出一条条秩序来。写小说可以改变这种生活的结局。小说可以令一种物理规律让另一种物理规律破坏，可以令疾病恢复健康，可以起死回生，可以让有情人在街角的咖啡店再见上一面，可以让一切的遗憾有个完满的"ending"。小说是需要"结尾"的，生活却不一定有结尾。我们有限的生命不一定能赶上漫长的生活为我们准备的结尾。再或者，生活提供给我们的结尾令我们感到无比失望，感到十分不满足。

美剧《纸牌屋》里有个情节很有意思。女主人公的情夫汤姆是个作家，他本来的工作是为参选的总统候选人写一本传记。后来经过了许多事，他不需要完成这个任务了。但他心心念念地缠着这对极品夫妇，为的是自己写作的故事还没有结尾，最后还赔上了生命。政治人物觉得汤姆是个词汇量很大，并不需要任何"结尾"的次要人物。身为作家的汤姆却执着地追求一个"ending"，他写作的故事的"ending"。他说"我已经有了个 ending，但我想要个更好的"，这很有趣。这里想表达的意思是，小说的虚构性面对的问题是处理人的欲望。什么样的年轻人最想要写小说？受辱、仇恨、心碎的经历可能都是写作小说的强动机。渴望讲故事的人，并不需要太大的词汇量，也不需要训练自己情感的质量，他只需要修改原有的"ending"，以期实现和征服世界差不多的欲望，就可以完成一部还不错的作品。所谓"what if"，就是建构可能性。

周星驰的电影《大话西游》建构可能性，基耶斯洛夫斯基的《机遇之歌》也建构可能性。我们都知道，没有一个人的人生会产生三种结果。这样的事，只可能在虚构中发生。

小说原本就是这样的游戏，我们在第一讲时提到，如今是一个小说占领文学主权的时代，游戏粉墨登场，承担了越来越多的反抗的职能、启蒙的重任。小说可以处理大量外部世界的物质材料，通过语言作为媒介，让人生故事变得可以表达；通过结构剪裁，让故事显得严密、有逻辑；通过强动机，让读者感同身受，理解人物的处境，令故事生产出别开生面的"ending"。相较之下，散文负责处理无法修改世界，也无力征服世界时写作者的内心生活。更重要的是，散文还能与诗歌一起分担、处理一部分"无法用语言表达"的外部世界。如果说，现代诗呈现的是对于汉语本身的虚构，那么情感的锐力在散文中就会显出更卓著的职能，它理当建构语言、情感与美的关系。

现代散文可以处理的材料是生活提供给我们的答案，那些答案令我们情感上亲历尖锐的痛苦，这是我们的写作资源，我们可通过写作，在散文中观看世界、观看他人、观看自我，开凿人与人之间情感面向上的明暗、冷热、亲疏。哪怕没有能力改变事实，我们却可以通过书写散文，一点一点改变我们对于事实的看法。支撑这种看法的基石，可能是思想的、美学的、宗教的、人生的。它的历史脐带，依然是面向沉重的天、地、人。通过探索无韵律的、散体的白话词语更有想象力的组合方式，启迪陌生经验的罩门。通过发明对汉语的新感觉，重新命名人的复杂情感，以更为理性的形式，框定经验的结构调整、情感秩序的剪裁，将艺术性与理性结合在一起，以期把握较之现代诗及虚构小说力不能及的"真实"，铭刻私人历史及私人历史意识的流变。我们不能浪费它，如余光中在《剪掉散文的辫子》一文中嘲讽的："我们生活于一个散文的世界，而且往往是三流的散文。我们用二三流的散文谈天，用四五流的散文演说，复用七八流的散文训话。"①

---

① 余光中：《剪掉散文的辫子》，见《逍遥游》，台北：大林出版社，1976 年，页 27。

由此，散文写作训练的提升，有如陆游所说，"工夫在诗外"，其程序是以理性逼近真实，以情感服役于理性，并行之以文。理性地运用感性、对思想有感情需要一定的哲学训练。中国哲学通过自己的学科典范，也在不断地探索"情"的形式和本质。情感是人类活动中最为古老的一项课题，它包含个人的情，亦有家国的情，涉及的是人与人之间的复杂关系，涉及这些复杂关系的流变。基于五四以来个人的发现，散文中"情"的延展会走向更为内向和幽微的层次，走向个人的完成。不只是精英的自我完成，还有普通人的自我完成。不只是男性的自我完成，还有女性的自我完成。毕竟，在《中国新文学大系·散文二集》中，进入男性精英文学圈的女性作家，只有冰心一位。

如何把中国文学的抒情性恰如其分地表现在现代散文的形式中，而不流于无聊琐碎的伤感，或者感官式的感觉，是每一个散文写作者需要思考的问题。换句话说，如何把情感表现得更具有本体意义，而不是趋向戏剧化，使之成为理性审美的典范，可能是未来散文在形式的追求过程中面临的最大课题。五四以来，我们不断为散文注入新的情感内容，却一无所获，说明内容类别的扩充并不足以支撑散文文体的格调，无论谈论的对象有多高雅，这对于文体建设毫无意义。我们对"物有感情"、"人有感情"做得够多了，我们对"思想有感情"却鲜少涉猎。这说明当代生活让我们更便利地忠于情感的结果，忠于情感的对象，却较少忠于情感这一形式本身。而这一形式，却可能是与散文文体同构、同命运、同未来的。现代散文若能为我们的人生经验完成本质化的历程，为我们对思想的感情赋形，那么郁达夫所言"人性，社会性，与大自然的调和"即可走上坦途。

现代散文的处境，为我们提供了一个相对不那么功利、竞争不那么激烈的创作和思想环境。从晚清到五四的白话文运动，大大拓宽了散文题材的边界。这是白话的成功，而不是散文文体的胜利。正因如此，散文反而在不断生长，不断反思，恰如我们写作者黑暗中的摸索。复旦大学创意写作专业的另一位散文导师龚静对此有很温情的总结："散文是人书俱老的题材，一边写一边探究，一边写一边怀疑，一边写一边不断碰撞可写与不可写、写到与永远写不到的世界，探究不写到比写到更有价值的边界，是我们运用散文的际遇。"不管我们多渺小，我们都是情景中人、历史中人。散文距离情感更近，距离语言更近，古往今来，它曾以无情的方式记下有情的事，也曾以有情的方式记下有头无尾的诸多要紧事。离合悲欢，千丝千肠，在散文里没有挽回的可能性，这是散文的忍心。

经历的结构

4

大致上，现代散文主要处理两个问题：叙事与抒情。在中国古代文学传统语境中，"叙"指的是"依次而叙"。《尔雅·释诂》称："舒，业，顺，叙也。"晋郭璞注："皆谓次叙。"郭璞之释告诉我们，"叙"乃"次叙"之一种，依次而叙。这个顺序，或指先后顺序，涉及时间性质；或指方位、等级、层次顺序，涉及空间性质。叙事需要三个要素：人物、动作、场景。这个问题就很有意思了。即在文章里，我们要如何处理人物、动作、场景的顺序？不一样的文学处理又会起到什么样的艺术效果？这是个非常复杂的问题。因为选择以怎样的方式（顺序）叙述自己的经历，是分野作家与作家，甚至是写作爱好者与艺术家的重要指标。有的艺术家天生就知道如何取景，无论是导演、画家、摄影师，就像有的作家天生就知道如何裁剪物质世界的材料进入文学世界中，怎样组合、表意、达情，呈现的艺术效果最好。若问他们为什么这么做，他们反而会感到很奇异，难以解释。这涉及人的"感觉结构"，涉及我们认识情感的层次，即如何从人的有限的经历中，排列组合出最有心灵力量的文学表达。如果不具备天然感应复杂情感的天赋，那我们就只能通过阅读，培养识别、鉴赏好的文学表达中照亮的个人。

　　写作散文的前提是认识情感的层次，这需要知识，也需要岁月的理解，"工夫在诗外"。对于我们非常熟悉的现代散文作品，存在着严重的误读，譬如中学生最熟悉的名篇，朱自清的《背影》。《背影》是很短的散文，许多学校都要求背诵。因为文章看起来很工整，叙事清晰，榫合"人物、动作、场景"，如果模仿它的结构，我们也能够写出有头有尾的记叙文。然而，最麻烦的是，《背影》，或者说朱自清的内核恰恰是青少年极难效仿的。他笔下所呈现的内容是非常复杂的。要理解他的复杂，不仅要理解他的人生，还要理解他的诗人身份。在诗人中，余光中是较为直接说出"要把散文变成一种艺术，散文家们还得向现代诗人们学习"① 的。郁达夫也说："朱自清虽则是一个诗人，可是他的散文中仍能够贮满着那一种诗意，文学研究会的散文作家中，除冰心外，文章之美，要算他了。"不过，余光中是批评过《荷塘月色》的，此处暂且不展开。

我们回顾一下《背影》这篇短文章：

我与父亲不相见已二年余了，我最不能忘记的是他的背影。那年冬天，祖母死了，父亲的差使也交卸了，正是祸不单行的日子，我从北京到徐州，打算跟着父亲奔丧回家。到徐州见着父亲，看见满院狼藉的东西，又想起祖母，不禁簌簌地流下眼泪。父亲说，"事已如此，不必难过，好在天无绝人之路！"

---

① 余光中：《剪掉散文的辫子》，见《逍遥游》，台北：大林出版社，页30。

　　回家变卖典质，父亲还了亏空；又借钱办了丧事。这些日子，家中光景很是惨淡，一半为了丧事，一半为了父亲赋闲。丧事完毕，父亲要到南京谋事，我也要回北京念书，我们便同行。

　　到南京时，有朋友约去游逛，勾留了一日；第二日上午便须渡江到浦口，下午上车北去。父亲因为事忙，本已说定不送我，叫旅馆里一个熟识的茶房陪我同去。他再三嘱咐茶房，甚是仔细。但他终于不放心，怕茶房不妥帖；颇踌躇了一会。其实我那年已二十岁，北京已来往过两三次，是没有甚么要紧的了。他踌躇了一会，终于决定还是自己送我去。我两三回劝他不必去；他只说，"不要紧，他们去不好！"

　　我们过了江，进了车站。我买票，他忙着照看行李。行李太多了，得向脚夫行些小费，才可过去。他便又忙着和他们讲价钱。我那时真是聪明过分，总觉他说话不大漂亮，非自己插嘴不可。但他终于讲定了价钱；就送我上车。他给我拣定了靠车门的一张椅子；我将他给我做的紫毛大衣铺好坐位。他嘱我路上小心，夜里要警醒些，不要受凉。又嘱托茶房好好照应我。我心里暗笑他的迂；他们只认得钱，托他们直是白托！而且我这样大年纪的人，难道还不能料理自己么？唉，我现在想想，那时真是太聪明了！

　　我说道，"爸爸，你走吧。"他望车外看了看，说，"我买几个橘子去。你就在此地，不要走动。"我看那边月台的栅栏外有几个卖东西的等着顾客。走到那边月台，须穿过铁道，须跳下去又爬上去。父亲是一个胖子，走过去自然要费事些。我本来要去的，他不肯，只好让他去。我看见他戴着黑布小帽，穿着黑布大马褂，深青布棉袍，蹒跚地走到铁道边，慢慢探身下去，尚不大难。可是他穿过铁道，要爬上那边月台，就不容易了。他用两手攀着上面，两脚再向上缩；他肥胖的身子向左微倾，显出努力的样子。这时我看见他的背影，我的泪很快地流下来了。我赶紧拭干了泪，怕他看见，也怕别人看见。我再向外看时，他已抱了朱红的橘子望回走了。过铁道时，他先将橘子散放在地上，自己慢慢爬下，再抱起橘子走。到这边时，我赶紧去搀他。他和我走到车上，将橘子一股脑儿放在我的皮大衣上。于是扑扑衣上的泥土，心里很轻松似的，过一会说，"我走了；到那边来信！"我望着他走出去。他走了几步，回过头看见我，说，"进去吧，里边没人。"等他的背影混入来来往往的人里，再找不着了，我便进来坐下，我的眼泪又来了。

　　近几年来，父亲和我都是东奔西走，家中光景是一日不如一日。他少年出外谋生，独力支持，做了许多大事。那知老境却如此颓唐！他触目伤怀，自然情不能自已。情郁于中，自然要发之于外；家庭琐屑便往往触他之怒。他待我渐渐不同往日。但最近两年的不见，他终于忘却我的不好，只是惦记着我，惦记着我的儿子。我北来后，他写了一信给我，信中说道，"我身体平安，惟膀子疼痛利害，举箸提笔，诸多不便，大约大去之期不远矣。"我读到此处，在晶莹的泪光中，又看见那肥胖的，青布棉袍，黑布马褂的背影。唉！我不知何时再能与他相见！

1925 年 10 月在北京

　　朱自清生于 1898 年，1925 年写作这篇文章的时候 27 岁。这篇文章写的是 1917 年，他 19 岁左右时的回忆。文章开篇是有很多糟糕的事情作为背景的：冬日，祖母离世，父亲失业。这也提醒我们，开门见山昭示人物处境，有助于渲染气氛。"我"是回家奔丧的，从北京到徐州，目睹了家中拮据的经济状况，就连办丧事的钱都是借的。然后丧事完毕，父亲要去南京找工作，"我"则要回北京念书，前景都是茫茫的，父子同行要走一段路。父亲的形象是怎样活灵活现起来的？其实不是他嘱托各种人照顾"我"，或者车站相送，也不是买橘子。我最近在网上看到一个笑话，好像说一对朋友在火车站，然后一个对另一个说："我买几个橘子去。你就在此地，不要走动。"另一个就生气了，觉得对方占了他便宜（这个帖子还被某名人转了两次）。"父亲"为什么会让人印象深刻？其实这是一次跨栏的、违纪的错误行为。现在我们的铁路安检严格，是不太可能有这样的事情发生了。这给我们一个什么暗示呢？就是"爱"

这件事其实是可以突破一些规制的，往往就是突破规制的东西，展现了它伟大、无私、祖护的一面。至少这位父亲刚失去了母亲，家里经济还极度困难。在这样的情况下，为了一个已经成年的儿子，他总还想要做些什么。父亲还是一个胖子，"穿过铁道，要爬上那边月台，就不容易了。他用两手攀着上面，两脚再向上缩；他肥胖的身子向左微倾，显出努力的样子"，是很生动的特写了。但这个背影真是很不堪的，这种不堪反而有了心酸的意思。因为看到了这种"不堪"，令作者产生内疚，或许才是这篇散文真正传递的力量。前半生过得幸运的年轻人，或许很难发自内心地懂得"家变"，或者说家族中祸不单行的日子在过去了多年之后（而不是仍然在此之中），作家所能感知到的文学时间里幽幽生长出的痛感。

　　更有意思的是：朱自清真实的父子关系好吗？为什么文章第一句话是说"我与父亲不相见已二年余了"？短短的一篇文章里，19 岁的朱自清就哭了三次，他到底在哭

什么呢？"你就在此地，不要走动"是一个笑话吗？对朱
自清来说是不是多少还听出了自我嘲讽的意思呢？许多史
料都会告诉我们和我们刻板印象里不一样的真相。譬如在
1921年，当朱自清开始担任扬州省立八中教务主任时，他
父亲凭借与校长的私交，不打招呼，直接拿走了他当月的
全部薪水。这意味着父爱是非常复杂的，包含不容分说的
控制，也包含突破规制的袒护；包含拮据中"橘子"的
暖意，也包含不打招呼就领走儿子薪水的强势。在这样的
前提下，朱自清裁剪记忆中父亲的形象，裁剪回忆里的时
间与空间，才显出他潜意识的反抗与反思精神来，相似的
想法还可以参看他的文章《笑的历史》《儿女》等。在
1928年的《儿女》中，朱自清写道："我结婚那一年，才
十九岁。二十一岁，有了阿九；二十三岁，又有了阿菜。
那时我正像一匹野马，那能容忍这些累赘的鞍鞯，辔头，
和缰绳？摆脱也知是不行的，但不自觉地时时在摆脱
着……我只希望如我所想的，从此好好地做一回父亲，便
自称心满意。——想到那'狂人''救救孩子'的呼声，

我怎敢不悚然自勉呢?"① 如今每一年的父亲节,《背影》都被视作现代散文中歌颂亲情的美文典范,实在是有些讽刺。

写父亲的散文还有很多,更进一步的解构,如另一位诗人北岛的散文《父亲》("你召唤我成为儿子,我追随你成为父亲")。文章里出现两次"我多想":"有时我多想跟他成为朋友""我多想跟他说说话"。说明什么呢?"我"跟"他"不是朋友,"我们"有时无话可说。呼唤就是缺失。亲情是至亲至疏,我们从小到大潜在被鼓励书写的是至亲,但好看的文章往往都是写至疏。在散文之外,父子书写的经典范例也有很多。在中国故事里,有无穷无尽写父亲的故事。因为我们尽管没有上帝/父,父权却始终存在,反抗父权的坚韧也始终存在。譬如屠格涅夫的《父与子》中,儿子是父亲的期望,是家族生命的延续。中国人也重视男孩子,重视血缘,好像没有儿子总是

① 朱自清:《朱自清全集》第 1 卷,南京:江苏教育出版社,1999 年,页 84。

遗憾，而且还不是一个人的遗憾，是家族的遗憾。有研究表示，父亲的爱与母亲的爱不相同，它是有条件的。儿子必须努力达成父亲的要求，才能获得父亲的赞赏爱惜（安东尼·史蒂文斯及史蒂文·奈菲）。还有人指出，达不到父亲的价值标准和期望，会使人产生罪恶感（克里斯托佛·安德森）。北岛的《父亲》和朱自清的《背影》一样，充满了负疚，但负疚不代表妥协。负疚恰恰就是在不妥协中生长出来的，它距离真正的懊悔总有距离。他们为什么没有达到父亲的期望？实际上作者把这罪的疑惑抛给了世界，这是他们的潜意识，也可能是一种技巧。他们有没有直接书写的种种事，而是另择事序，也有选择书写的一些原委。《父亲》中最后父亲的离世，实际上也是一段历史的丧失。这个内在文理，我们在陀思妥耶夫斯基的小说里也可以看到。他写了"抹布"一样的父亲，生活中的不幸者，没有传统的意涵，斯文扫地，父之不父。"主要的，这一切里面有瓦解的概念……瓦解是小说主要的显著的思想。"（《陀思妥耶夫斯基论》）瓦解父亲，与瓦解传统、瓦解秩序具有相似的雄心。

　　近年来，当明清亲子关系研究趋热，许多我们耳熟能详的名人名作所提供的信息都令人大跌眼镜，例如李萱的著作《中国父职研究：理想、参与、互动与影响》（*Chinese Fatherhood: Ideals, Involvement, Interactions, and Influences*）。通过书信研究，李萱发现许多精英父亲的形象和我们读者心中建构的"刻板印象"不同。曾国藩虽然很爱写信，但他只给儿子写信。他有三个儿子、五个女儿，他从没给女儿写过一封信。不仅是父子关系，母子关系的书面表达也同样发人深思，值得重新勘探。这些勘探有助于我们理解人、理解人与人，从而更好地描写人、描写我们熟知又陌生的亲情关系。林则徐《林文忠公年谱》创设了一个中国母子的经典图景，就是家徒四壁，寒冷小屋中有一张小桌，母子俩围着桌子，母亲有做不完的针线活，儿子有读不完的书。林则徐提出，他要做一点家务，或者少吃一点食物，但被母亲训斥，因为儿子的未来具有其他一切都无法取代的根本价值。梁漱溟的父亲梁济就记录了童年充满着母亲几乎让人窒息的奉献和毫不宽贷的要求。这是值得膜拜的吗？至少在艺术作品中是可以商榷的。"孝子"这个议题非常复杂，用现在的观点来看，不失为一个好的写作题材。因为它充满传统观念和现代意思的博弈，也充满人性控制欲望的幽暗。"孝"的矛盾不仅出现在散文里，也会出现在小说里。

百回本《西游记》第二十九回宝象国、第三十二回平顶山莲花洞两难，都有一个"孝"字萦绕（如金角大王要请母亲来吃唐僧肉，后"老魔挂了孝服"）。百花羞让唐僧带封信给国王，当时说的理由就是"思量我那父母，不能相见"。"家书"本来就有"孝"意，书中开头就写"不孝女百花羞顿首百拜"，"正含怨思忆父母……"落款是"逆女"。百花羞两次提到奎木狼，对这位丈夫都没有任何带感情的评价，对孙悟空提起时，更是说自己被"摄骗"。百花羞为唐僧求情时，对奎木狼故意提到"自从配了你，夫妻们欢会"，可见心机。奎木狼果然也爱听这个，就放了唐僧。沙僧、猪八戒又打回去，奎木狼怒骂百花羞，说的是："你穿的锦，戴的金，缺少东西我去寻，四时受用，每日情深。你怎么只想你父母，更无一点夫妇心？"彼时孙悟空因尸魔一难被逐，回来以后，要摔百花羞那两个孩子，公主说："我自幼在宫，曾受父母教训。记得古书云，五刑之属三千，而罪莫大于不孝。"行者说："你正是个不孝之人，盖父兮生我，母兮鞠我。哀哀父母，生我劬劳！（这是《诗经》里的话）故孝者，百行之原，万善之本。却怎么将身陪伴妖精，更不思念父母？非得不孝之罪如何？"其实孙悟空说起这种话来很别扭，因为他无父无母。那时候两个师父都不认他了。在小说中，奎木狼的想法和百花羞"孝"的理念是冲突的，她的孝女身份阻碍她的贤妻职能，这是非常深刻的，体现了我们多重社会身份内部的冲突。奎木狼去认亲的过程非常凶狠，还把唐僧变成了老虎。结果自然是丧子，针对的也是不"孝"的惩罚。

值得注意的是，在戏剧影视作品中，写"孝"即写人，是一个可以训练的文学题材。写"孝"即写人"艰难的抉择"，这样的抉择往往是他们"经历的结构"中最冲突、最难忘，也最深刻的部分，如京剧《清风亭》《白罗衫》。《清风亭》说的是儿子如何对待养父母、亲生父母的故事。最摄人心魄的桥段，莫过于养父母对张继保的依恋。尽管一开始他们收养孩子的目的是功利的，就是为了老有所依。但养父编织草鞋、养母辛勤磨豆腐施恩于养子，并没有赢得张继保的心。一方面张继保出于本能为血亲所牵绊，另一方面他痛恨家暴的养父。离开一对功利又暴力的养父母，本应该获得观众的同情，观众是怎样一步一步地走向期待雷殛的"大快"的呢？张继保与周氏于清风亭巧遇，张元秀与周氏上演夺子大战。周氏一字不差背诵出当年血书中的内容，这意味着张继保将要回到原生家庭团圆去了。情急之下，73 岁的老父亲给 13 岁的养子道歉，说："我的继保儿，你母亲在家做熟了饭，要你回去吃饭。为父的不打你了。"张继保对此竟无动于衷。养父母的依恋并没有换得张继保同样的依恋。张继保离开以后，养父母因为思念身患重疾，穷困潦倒。重逢时，老人不断试图唤起张继保童年温馨的记忆，但张继保装聋作哑。不仅装聋作哑，他还以金钱羞辱养父母，以至于养母愤而自尽，他都毫无悔意。所以这个戏，又称作《天雷报》。"天"是一种难以言说的道德模造机制。张继保对养父母的付出"没有反应"或"报偿不够"，就会遭遇惩罚。所以陌生人的恩养是有代价的，"社会道德是支持特殊主义化的关系的，亦即是支持人情的"。《清风亭》代表了交换关系的一败涂地。《白罗衫》说的是徐继祖的养父为杀害其亲父的仇人，却于他有恩。在陈年恩怨得以厘清之后，全剧的焦点转折为父子两人寂然相对的凝重局面。从公领域的"为官"降落到私领域的"为子"，徐继祖甚至自杀过一次，还放走徐能一次，都不愿面对养父与生父的这段血海深仇。十九年来，徐能金盆洗手，吃斋念佛，对继祖百般疼爱，寄予厚望。他所有的侥幸，都寄托于真相迟来，而自己对徐继祖的付出，能够折抵一些自己的罪责（"虽则代父伸冤，做爷个有一片苦情"）。当他战战兢兢地问儿子他这个罪会怎么判时，徐继祖颤颤巍巍地告诉他，会判死。这令他彻底绝望。改编的问题在于，徐继祖的生父、生母形象趋于模糊，他们明明是毫无疑问的受害者，他们的感情却被遮蔽了。徐继祖在两个父亲之间终究要选择一方裁决，他不愿意背负"杀父"的责任，最终也没有亲手决断。到此穷途末路，徐能为了维护儿子的官位，也是他亲手栽培的功果，选择了自尽。徐能的理由是，徐继祖还有一个父亲，就是君父。徐继祖的"孝义"不是通过"亲亲相隐"可以实现的。而后，螟蛉孝义幻灭，君父所安保全，换得苏家团圆。可见中国的"亲情"故事，本来就处处血泪，哪来那么多和风细雨的美文佳话？

还有一个香港电影《一念无明》，说的是杀母的故事。母亲的失能不断地消耗着儿子的内疚感，身为儿子，自责似乎是有一个底线的。陈独秀就曾经说，母亲的眼泪比祖父的板子，着实有威权（《实庵自传》）。在我们中国人看来，母神带有创造、保护、丰饶、温暖、繁衍的特征，是精神原乡，另一方面，受制于生理特征，母亲是容易确证的，父亲则可能是模糊的。《红楼梦》里赵姨娘说得很粗鄙，说探春是"我肠子里爬出来"的（第六十回），其实是来自"女娲之肠"的民间话语遗迹。我们有很多很多"寻母""救母"的故事传说，最动人的不是劈山的瞬间，而是牵挂。无论是身上掉下来，还是具体到"肠子里爬出来"，我们念念不忘的，是与母体的情感联结，是我们探寻自身与世界之间的关系时阻力最小的路。"牵挂"背后，还有一层深意是对于"被弃"的否认。我们找母亲确认自己没有被抛弃这件事，似乎要比找父亲更有安全感一些。这似乎也在暗示我们，失去母亲的庇护，人才能走入真正的历练。然而，好的文学作品总在给我们提无解的问题，譬如：母亲有罪怎么办？"目连救母"的故事为什么那么受欢迎？实际上还是因为故事本身悲剧的力量。刘青提身为人母，永生永世牵肠挂肚，一直到死，化成鬼魂，还在思念儿子。她在地狱里登上望乡台，还想要看见儿子。但对于佛门来说，刘青提破戒背叛，是个罪人。这位宗教上的罪人是个人间慈母。这种人物处境的刻画方式，十分具有感染力。目连明明知道母亲有罪，却愿意为母亲的罪承担责任。他承担的方式，是不惜牺牲自己的前程，来为母亲忍受苦难，非常动人。

这看似是家庭内部的，被我们当代社会讥讽为妈宝型的亲密关系形态，实际上和世变也是有关系的，因为从大量的明清传记和自传叙述中，我们可以发现，中国知识分子在选择自己的人生道路时，会遵循母亲的意愿，譬如顾炎武、梁济。在时局变化最剧烈的时期，促使文人前进的驱动力很有可能是处境艰难但矢志不渝，会令他们内疚也让他们感受到威权的母亲。这就令亲子关系和世变又有了联结，例如京剧《别母乱箭》。那么朱自清书写的父子关系和外部世界的世变有没有关系呢？显然也是有的。正是新的教育令他"看见"了父亲的窘迫，令他"听见"了"你就在此地，不要走动"。小说更集中于表达"冲突"，因为"冲突"就是情节，而散文的"冲突"很可能出现在文本以外，文本之内只留下草蛇灰线。朱自清将时间的冷峻开宗明义地写给了读者，读者却未必立时明白。表面上，文章写的是人，实际上写的是新旧冲突，新旧冲突是时代、土地、历史精神孕育的。我们没法以个人之力，撼动时代递迁的历史趋势，稍微做一些抗争，就痛如断肠。这才是《背影》历经近百年依然能打动我们的真正价值。

我不认为散文写父亲、母亲，写亲人离世就是俗套，但我认为只写爱的单一面向，只写脱离外部社会的孤立的亲子关系是可疑的。我们的文学土壤，也从不曾遮盖过亲情问题的复杂。有些亲情问题，甚至成为了历史，改变了很多人的命运。有些亲情问题，被重新整饬成"美文""书信"的形态，却遮蔽了真正的创伤。我们的经历有限，我们需要阅历来识别它们。如韩剧《我亲爱的朋友们》中说的，"我也不是每天都爱母亲"。这才是人生常态，爱不是凝固的状态。而所谓"经历的结构"，无非是爱的经历从哪里开始，到哪里结束；从哪里冰冻，又到哪里看到了一点点萤火。我们不可能篡改冰冻的答案，正如前文我们曾谈到的无从"挽回"。我们不可能逼迫自己承受符合不了的力量，哪怕这种力量打着"爱"的名义，但我们可以在散文里，截取这些情感流动起讫的位置，我们可以裁剪观看的时间点。我们在散文外部成长，又在散文内部完成启悟的过程。这样的过程，总是漫长而艰辛的。如果，我们在外部世界没有真正地成长，没有历经真正的历练，那么在散文内部，也不会被恩赐好的张力、好的启迪。

复杂情感与散文机杼

5

我们谈到了"经历的结构"，及如何理解自己的经历、他人的经历并加以剪裁进入散文写作，考验的其实是写作之外的功夫。写作者需要在日常生活中，有意识地训练自己理解"复杂情感"的能力，也需要戒除对于经典文本累积的刻板印象。从文言到白话，从现代诗到现代散文，我们的前辈做了很多努力，也对现代散文这一文体寄予了很高的期望。经年日久，我们反而对于形式和修辞产生了审美疲劳，"迷惑于其高度的语言魅力而走失于精雕细琢的修辞迷宫"。① 这也为我们曾经谈到过的语言的物质性提供了新颖的启迪。每一个年代都有每一个年

---

① 高远东:《〈荷塘月色〉:一个精神分析的文本》,见《中国现代文学研究丛刊》2001年第1期,页221。

代流行的词语、音韵、表达方式。用钱锺书先生的话说："一个社会、一个时代各有语言天地，各行各业以至一家一户也都有自己的语言田地。"(《中国诗与中国画》) 尤其是当代语言，是可以被喜欢、流传，也可以被退流行、被替代的。互联网加剧了词汇新陈代谢的速度。据说，仅《荷塘月色》一文就用了 26 个叠字，而《桨声灯影里的秦淮河》用了 72 处。现在的年轻人并不这么说话了，用以命名他们感情的词语发生了变迁。唯有情本身，以及对复杂感情的曲折体验是不变的。因为人就是复杂的，人格赋形于"情"之上，又借由"散文"文体，借由汉语的模糊特质，最终呈现出心灵世界的奇观。我们透过时间的滤镜去观看这一文字的奇观，各人能看到的东西也完全不一样。

所谓复杂情感，有别于单一情感的表现方式。唇舌间的非黑即白、爱憎分明，有没有必要在散文的文体中讨生活，实在是可疑。而情感矛盾的叠加、正负情绪的交缠、不断流变的情感温度加诸我们观看世界时取景的角度，虽不至于是日常生活关注的重心，却是一个文学工作者学习感受世界、领悟生命的普遍路径。如果说好的小说创作者需要具备情绪稳定的偏见，那么好的散文写作者在复杂情感的艺术处理中，需要具有不断发现"真相"、不断发现"无法挽回"诸事的热情与好奇心。这才是"工夫在诗外"的准备工作。鉴别复杂情感，书写复杂情感，实际上对我们青少年时期的情感教育提出了很高的要求。我们之所以写不出具有"真情实感"的叙事抒情文章，不是因为我们没有"真情实感"的生活，而是因为我们没有接受过良好的情感教育，亦从未将爱当作一门知识来学习。德裔美籍心理学家和哲学家、法兰克福学派重要成员埃·弗罗姆最著名的著作《爱的艺术》中提到：

　　学会任何艺术的一个条件，是对掌握这门艺术的高度关心（supreme concern）。如果说，艺术不是具有高度重要性的某种东西的话，那么，学徒们永远学不会它。充其量，他只不过会成为一个不错的艺术爱好者罢了，但决不能成为一位艺术大师。这一条件，无论是对爱的艺术来说，还是对其他艺术来说，是必不可少的。然而，它看起来象是这么回事：如果权衡大师与爱好者之间的差异，那么爱的艺术，其爱好者的比例，比任何其他艺术爱好者的比例都要大得多。

根据学会一门艺术的一般条件，作者就必须提出一个更为重要的观点。人并不是一开始就能轻而易举地学会一门艺术的。但是，可以这么说他是慢慢地学会的。一个人在着手一门艺术本身之前，就必须学会许多其它的——并且常常看起来不很连贯的事情。①

弗罗姆是较为直接地抛出"爱是一种知识"，所以需要认真学习的哲学家。这对于我们情感教育的长期缺失，提出了真正尖锐的问题。我们写的抒情散文很难看的原因，不在于我们不知道"抒"的技术，而在于我们无法

① ［美］埃·弗罗姆:《爱的艺术》，康革尔译，华夏出版社，1987 年版，页 96。

表达真正复杂的感情。我们曾以亲情为例，谈到了父爱的书写、母爱的书写，谈到了有关爱与控制的疑问，谈到了现代文学最经典的歌颂"至亲"的美文《背影》，却是以写"至疏"为开场（"我与父亲不相见已二年余了"）。实际上，非常会写散文开场的朱自清，在《荷塘月色》中一样展示了一个人往往是在内心最寂寞沉郁的时候（"这几天心里颇不宁静"），才看得到自然世界中最轻巧的如燕子、杨柳、桃花，及流逝的时间。所谓散文的真实，恰不是燕子、杨柳、桃花的真实，而是寂寞的真实，是"颇不宁静"的真实。文章里的奇异的平静，无论是作者的自我说服，还是自我疗愈，都是值得深思的。仔细研判却不难发现：一个人心里热闹的时候，又怎会听得到热闹的大自然呢？（"热闹是他们的"）好奇的读者一定会努力扒出作者写这些文章的时候，到底经历过什么。但作者到底经历了什么，却不一定会实实在在出现在文章中。文章中会出现的，是作者经历了不知道什么事之后，突然间看到了什么，听到了什么，感到了什么的瞬间。这些瞬间不是凭好运得来的恩赐，也不是不劳而获的奖赏，而是在长期对情感、对创作特别关注的心理状态中，迎接某一个偶发的事物或典故，刚好点燃了艺术家忠于"联结"的苦心。激发的活动和灵感的机缘降临到旁人身上，就不会发生任何影响，降临到"情感"爱好者身上，也无非哭一哭或点个赞的感受；唯有降临到艺术家身上，才能见到真正燎原的奇观，那是对于艰苦劳动的奖赏。

　　1978 年 4 月，郑明娳在台湾《幼狮月刊》发表文章《鉴谈散文的方法》，她在开篇指出，"散文写景的最高境界是'状难言之景，如在目前'，写情的最高境界是'含不尽之意，见于言外'"，并且认为"《春》是在状难言之景，《背影》是含不尽之意"，很有意思。《春》显然是最简单不过的、像小学生般的童真，也是一般人常写的题材，这"难言之景"纯情到饱和，饱和到不真实，如平面的造型艺术，任何人效仿都会显得做作，但读者确实是看到了那个作者着力雕塑的季节。对比《荷塘月色》末尾，"忽然想起采莲的事情来了"这样的话破空而出，牵强地衔接起六朝采莲、《西洲曲》，想自然、想家乡、想典故，最后突然收束于"猛一抬头，不觉已是自己的门前；轻轻地推门进去，什么声息也没有，妻已睡熟好久了"，圆然回到了与内心颇不协调的宁静的夜。这种"笔势"间抖露真相的暗示处理，亦是朱自清娴熟之笔，在造出了心灵所投射的"难言之景"之后，再适当地破坏原有的气氛与节奏，由写意坠入难以撼动的现实中，是闯出又梦回日常世界既定秩序的"余味"。试想：什么样的中年男子，会在妻子熟睡之后出门去转一圈呢？他是真的那么热爱大自然吗？据商金林爬梳，1927 年"四·一二"后，叶圣陶接替郑振铎主编《小说月报》，在 1927 年 6 月 10 日出版的《小说月报》第十八卷第六号的编后记《最后半页》，预告了"近来"收到的"可观的创作"，其中就有朱自清的《荷塘月色》。《荷塘月色》后注"一九二七年七月"，写的是叶圣陶接棒《小说月报》后所倡导的"这不寻常的时代里的生活"。《荷塘月色》文中所指"满月"当指农历十五和十六两天，而《荷塘月色》开篇的

　　"这几天",大概就是"四·一二"以来,大屠杀的腥风血雨使得作者内心极其煎熬①。他的彷徨、苦闷和外部世界的动荡与杀机,后来被艺术家娄烨找到了相似的情感共鸣,拍成了无尽夜路、无边深海的电影《春风沉醉的晚上》。太多影评都在分析电影与郁达夫散文的关系,其实《荷塘月色》也被物质化地剪裁进入了电影叙事中,成为了黑板上的内容。那里"阴森森的,有些怕人","白天也少有人走,夜晚更加寂寞",冷月荷塘被性别的深潭所替代,是艺术家玩的戏法,他们嗅得到"景语"背后相似的不安。可见,要理解现代散文是相当困难的事。即使是我们最熟悉的篇目,熟悉到几乎能背诵出来,我们仍然距离它所要传递的"真实"十分遥远。"真实"本来就是很难抵达的,更何况是经由艺术处理后的真实。想当然轻视它,反而比较容易。

　　现代散文是表面上最接近生活的文学表达方式,也是

---

① 商金林:《名作自有尊严——有关《荷塘月色》的若干史料与评析》,见《中国现代文学研究丛刊》2018 年第 12 期,页 33—34。

初学者进入文学世界的开端。我们从日常生活中取景，从常态的情感关系中观看生老病死、喜怒悲欣、递迁与狼藉，总会有一些惊异，又会有一些感悟。这些惊异与感悟落实到笔端，只要是足够真实和诚恳的素描，似乎都能够传递出生活的力量。想要再进一步，就会变得很困难。这种困难既是词汇量造成的，也可能是阅读量造成的，但归根结底，是我们情感教育的缺乏造成的。写散文看起来很容易，平日里普普通通的快乐、短暂的友谊、有瑕疵的亲情、不算愉快的童年，都是我们最常看到的主题，也是我们最不容易写出新意、写出深沉意蕴的窠臼。有趣的是，问题的关键并不在于作家看到了什么，而在于作家其实活在了他们所提出的问题里，他们看到的（回避的）东西有多尖锐，他们的体会才会有多大的能量（或有多大损失）。我们在散文中处理素材、处理结构，也就是处理事物、处理事序的过程，表面上涉及文章的内容、布局，背后则体现了作家分解生活、提炼生活、超拔生活的理解力，以及对于生活的重量、烦闷的敏锐知觉。如果我们在写作之外没有锤炼过这样的眼光，那么，想要通过写作呈现对复杂情感的解剖之力，是不可能不劳而获的。简而言之，在散文里，我们理应看得到作者珍视什么、同情什么和不安什么。

内心茁壮如新芽的年轻人，对自然的茁壮熟视无睹，因为他们的生机是一样的。对熟视无睹的事，我们往往是十分迟钝的，对不劳而获的恩赐，没有人会想到去珍惜。所以年轻人会更喜欢悲剧的力量，对感受悲剧的力量更为敏锐。他们执着地看"失去"、看"衰败"，还看得头头是道。年纪大的人反而喜欢活力，喜欢希望，喜欢欣欣向荣。在文章里对自然的茁壮过度敏锐的人，对私人生命的茁壮是否是灰心的呢？这也很难说吧。重读朱自清，会给我们不少启迪，总能发现他内心的纷乱和表达的曲折。他似乎特别努力地在整理这种纷乱，这也是许多散文家会做的事（还可参考陈思和《对周作人散文的语言艺术的感受》）。遇到了"颇不宁静"的事，艺术家眼睛里看到的不一定是悲伤的、焦虑的，还可能是过于生机勃发的，甚至是勃发到突兀的，生成了独特的兴趣及审美的偏执。与其说是作者真的"看到"了什么，不如说是他坚持期望自己看到什么。与其说看他们如何写作这种"看到"，不如说不妨看看他们一定看到却不想看到的种种。以至于年深日久，他们真的"发明"了另一种看到，并形成了自己的语言。天然的"看到"无法模仿，培植的"看到"仅有助于我们发现复杂情感，解剖散文形成的机理。我们只能努力发现自己的"看到"，姑息并培育新的可能的"看到"。直到未来的某一个瞬间，我们会预感到某种复杂感受正要来临。虚静好似明镜一般洞鉴天地万物，有别于世俗生活的纤巧端丽之美才从容展开，书写美学的人也由此诞生。

　　问题是：我们为何要学习这样的迂回？为何要在这样小的年纪就东施效颦，模仿东方古典的出世与虚静，即便我们已经能够识别这种迂回的现实处境与高度艺术化的表达方式？这背后可能还是难以逃脱中国式"情感教育"的核心内容，就是以理克情。在"情感的质量"一讲中，我们借用了王安忆的观点"散文的质量取决于情感的质量",她认为有一个方法能够目标明确地达到这个目的,即"理性地运用感性,需要写作者对思想有感情",这是精辟的总结,也符合中国文学的传承。因为思想、理性必定不会是散漫的,具体的任务当然是迎向困难,无论是生活的困难,还是写作的困难,从迎向困难的过程中,从尖锐和痛苦的训练中,我们才找到可以被言说的,指出言说与不言说的边界,照亮自己对理性的认知路径,照亮情感的进退原委。这是比观察老道的艺术家利用语言迂回前进,搭建艺术世界更为热烈,也更有勇气的进阶方式。生活里的困难也许令我们捉襟见肘,但在散文里,我们可以尝试用理性勇敢地迎向磨难。复杂情感的认识和整理,对于敢爱敢恨、非黑即白的年轻人而言,无疑就是一种认知的困难。我们要学习克服它,在刻苦和枯燥的识别活动中,找到净化它和再次亲近它的路径。最好的办法,还是迎向困境、接受困境。用高度理性的方式,看待我们所经历的情感事件,看待时间和变化的力量,看待我们经历过的抉择，接受失败，承担人之为人的重担。

从感知困境到处理困境需要漫长的过程，作家在这个过程中可能发生非常大的转变与进阶。乔治·奥威尔写过一篇自传性散文《如此欢乐童年》，题目本身就很讽刺。因为他在散文中记录的童年几乎没有什么欢乐的事情可言。在很短的篇幅里，作者两次提到"我从来没有能够弄到一根自己的板球棒，因为他们告诉我这是因为'你的父母没有能力供给'"，以及比他大一岁的俄罗斯孩子取笑他的"我父亲的钱比你父亲多两百倍"。他记住了这样的话，其实也可以忘记。但童年的贫困，伤害是那么深邃，甚至太过微妙了，你无法选择忘记什么和记住什么。"等待你的火是真正的火，它会像你烧伤手指一样烧伤你，而且是永远地烧伤你，但是在大多数时间里，你能够在想到它的时候不必怎么放在心上了……"奥威尔是多么轻蔑和恐惧于"四十镑一年的办公室小当差的"，可是辞去了警察职务从事写作以后，他一年的收入只有二十镑。"板球棒"是童年的梦魇，与其说是恐惧，不如说是耻辱，来自贫穷、窘迫、泯然于众人的平庸，文学处理是艺术家揭破、勘破的意志。这些过于具体的记录，让人想起《简·爱》的故事。童年的简·爱有个好友叫海伦·彭斯，在听完了她的遭遇后，她说："你把她（里德太太）对你所说所做的一切记得多么详细啊……"记得详细的不只有里德太太的所作所为，还有劳渥德学校的体罚、恶劣的伙食和不被及时治疗的儿童伤寒等等。然后，海伦·彭斯对简·爱说了一句挺有意思的话："你把人的爱看得太重了……"

"复杂情感"的另一表征就是"强烈"，强烈似乎代表着不稳定，是遭遇无法变更的困难处境时的应激反应。在我们无法文绉绉地处理"颇不宁静"的早期，"意难平"的诚实是可贵的，寻求变化也需要调度大量的情感资源。散文是最适合呈现情感变化、生活变化的文体，也就是说，散文是最适合呈现情感困难的文体，尤其是当我们尚未有驾驭欲望的能力，来形成修改这种变化的强动机时。用林庚先生的话来说，我们要从中发现新的情感原质。因为我们每发现一个新的原质，就等于写了一句诗的新的历史。一个放射性的原质固然不能造成一个原子时代，然而原子时代正由这些新原质的不断发现而成立。它们分开来似乎点点滴滴，组合起来就是一种力量。这是一种历史的情感力量，在散文中重建生活世界，不是为了改变生活，而是通过"情"的理性建构，帮助我们理解生命进程，理解我们自身的有限，哪怕无力征服，也要学习看出，并感受。

在散文书写中，有一些永恒的主题，我们从中小学一直写到大学、研究生阶段。课堂上常常会训练它、素描它。譬如说，失去。失去亲人（第一次面对死亡），失去故乡（面对迁徙），失去语言（战争或求学）。家变、世变都指向"变"。变化、变迁、变异，是常见的从日常生活进入文学生活的写作视角。换一个角度看，书写是"失去"的仪式，也是一条线索，给我们机会以接近更广阔的历史和情感脉络下的精神生活。古希腊哲学家赫拉克利特曾宣称："唯有变化是永恒。"变化会诞生新的困难，新的困难都是写作的矿藏。发现越来越多表达不出的"失去", 无异于一种经由文学完成的情感启蒙。叶嘉莹先生有一篇文章叫《爱情为什么变成了历史——谈清代词史观念的形成与清代的史词》, 文章本身讲小词与世变的关系, 其中引用了清代散文家、词人张惠言的话"极命风谣里巷男女哀乐, 以道贤人君子幽约怨悱不能自言之情", 能给我们启发。什么意思呢? 小词写的是最有道德、最有品格、最有修养的人, 最幽深、最隐约、最哀怨、最悱恻的, "没有办法说出来的感情"。所以词人借助文体的选择、性别口吻的转化表达心中的难言之隐。这和林庚先生说的"新鲜的是对于它的一种说不出来的感受"其实是一样的。叶先生提出的一种词中的"志", 即"弱德之美"。什么是弱德呢? 在艰难困苦之中完成你自己。这个完成, 很可能是不被理解的, 很可能是被判定错误的, 很可能是一种磨砖为镜、积雪为粮的注定没有结果的徒劳的努力。艺术家只能通过文体、通过语言在文学中完成自己的志向, 也有可能没有完成, 完成失败了。我们会发现, 有两种散文不需要修辞, 都会很好看。一种是英雄末路,一种是妇人之仁。散文是适合呈现失败之美的，即使势利的社会生活不喜欢失败者，散文在隐约之间，热忱地欢迎我们理解自己的有限、生命的短暂，以及情感的偶然。即使成为不了伟大的艺术家，我们普通人也应该在历史中完成有限的自己。文学，或许是一个良好的路径。散文，也有助于我们完成自省，成为一个更好的人。

景语与情语

6

我们谈到了"情"及"情"的复杂性对于散文写作的重要意义，谈到了散文作为心灵疗愈和自我完成路径的功能，散文写作可能是大众化的情感教育之门。它是我们普通人最熟悉的文体，是我们普通人表达复杂情感最简易的仪式。我们知道了，如果在写作之外没有建立起辨识复杂情感的能力，我们就不会拥有高质量的情感。在理解创作者的写作处境时，如果仅仅停留于文本的外观，那便很可能读不到作家分明看到的，却没有明写出来的事，读不到作家"希望读者看到什么"及其背后的缘故。如果我们没有识别高质量的情感的能力和经历，那么想要写出高质量的散文是很困难的事。高质量的情感，不会是非黑即白的，它可能是充满矛盾冲突的，在表达上，也可能是曲折的。借中学生们最熟悉的朱自清散文的例子，我们重读了《背影》和《荷塘月色》，读到了曾被忽略，或曾被误读的名篇内在的生命力，懂得了作家经由努力平息"这几天心里颇不宁静"的纷乱之心，在文学的世界中发明的新的"看见"与新的"听见"，都是通过自然之景呈现出来的。这是现代散文文体所创造的审美形式，让我们通过散文这一文体去"状难言之景，如在目前"，"含不尽之意，见于言外"。散文引领写作者看到世间"难言"的物象，误入"不尽"（没有尽头）的旅途，窥见人的心灵景观，这是散文这一形式的根本意义。

如果说，文学并不在传递具体的知识，而是在传递心灵的力量的话，那么诗歌呈现了挽回的艺术，即关于停止与重新呈现给我们的仿佛永恒的状态。小说的功能，是可以修葺"挽回"，可以征服那些"挽不回"的结局，虚构是"意志"实践的工具。现代散文，则是要在无法挽回的心灵处境中，重新开凿出一个审美世界。这样的"开凿"是需要工具的，一百年前开始，搭建这个审美世界的新工具就是"白话文"。前辈艺术家做了非常多的探索，他们彼此之间的意见也不是很一致，但是他们至少有共识，即有一个以白话文书写的、非虚构的、非压缩的语言世界，一个有别于我们日常生活的审美世界。浦江青先生就称朱自清的散文为"白话美术文的模范"（《朱自清先生传略》）。"白话美术文"的说法很有意思，根据陈剑晖、吴周文《论新文学"白话美术文"创建的机制》① 的整理，它是五四白话文运动中出现的新概念，与"美文"的概念完全同义，与"中国现代散文"基本同义。包括冰心的《笑》、周作人的《苍蝇》、朱自清与俞平伯相约创作的同题散文《桨声灯影里的秦淮河》，都是"白话美术文"的代表作。而"美文"的概念，我们是熟悉的，出自 1921 年 6 月 8 日《晨报副刊》发表周作人的《美文》，这是一个语言革命深入、具有里程碑意义的文学事件。周作人提倡学习、借鉴英式随笔（Essay），说这种文

---

① 　陈剑晖、吴周文：《论新文学"白话美术文"创建的机制》，见《中国现代文学研究丛刊》2019 年第 9 期，页 12—22。

学样式里有一种"记述的，艺术性的""美文"："在现代的国语文学里，还不曾见有这类的文章，治新文学的人为什么不去试试呢?"①

抛去这语言革命"文学化"的表述，实际上这一类新的文章，指向白话文建构的抽象的美学，带着五四血统中发现"个人"的基因，而不是指素描生活、具体的记叙。这个审美世界是由精致的语言搭建的，可能是十分私人的、絮语式的，别人进不去；也可能是很女性的，男性进不去；或者是很世故的，年轻人进不去；再或者是很玲珑的，心怀壮阔的人暂时不适合去。它虽不是所有人的需求，也没有实现前辈们的厚望，但如今仍有许多人喜欢读散文，这说明艺术的创造、美感的形成仍然具有感染力、生命力。每个人喜欢的表达方式不一样，面对曾经的文章，总有一些人接受到了邀请，欣然而往，也有一些人被阻挡在外。许多同学特别欣赏散文优美的"意境"和情

① 周作人:《美文》，见《晨报副刊》1921 年 6 月 8 日。

景交融的气象，哪怕有些意境语焉不详（不知道文章到底在说什么），经由汉字本身与形象思维的联结，还是感应到了运用语言的物质性所搭建的美学世界。有的人则更喜欢远离实有之物，宁愿在虚构的世界中实现征服世界的意图，充盈人类对于无常世界的不满足感。其实写小说也会遇到写景的问题，写景与人物命运到底有什么关系的问题。

我们曾提到，中学散文鉴赏和叙事文写作教学中，语文老师们常常会说到的话是："一切景语皆情语。"具体好像很难实现，同学不知道怎么把自己笔下的景语变成情语。这个困惑，其实我一直到读完研究生也没有真正解开。我曾在一堂写作课上问迟子建，为什么我不会写景，我写的景是景，人是人，故事是故事。迟子建问我，你是不是不太热爱生活。一旁的王安忆老师说，他们热爱的，但他们上海的孩子很可怜，他们看到的城市，一望无际都是人。很多年后，我又在香港书展遇到了迟子建，非常感慨地打了招呼。当时她演讲的题目是《文学的山河》，我演讲的题目是《那么大的离散，那么小的团圆》。以我非常狭隘的理解，文学对于她意味着"山河"，文学对于我意味的是"人"，当我们要描述"文学"与我们的关系时，我们调度的经验也是不一样的，好像是一种宿命，也是具体的文学馆。在那时，因为一段留学的孤寂旅程，我也开始多写了一些景，少写了一些人。异乡让我的寂寞扩大了，沉思的对象也丰富了起来。于是，我与自然走得更近，也开始将自然当作知识一般求学。我们城市里生活的人，正如王安忆老师曾说的那样"可怜"，因为我们不写景，来源于我们不会看景，我们不会看景，是因为我们没有景可以看。后来有了景，也只能从头学习如何去看。这好像张爱玲在《流言》里说的很有名的话："像我们这样生长在都市文化中的人，总是先看见海的图画，后看见海；先读到爱情小说，后知道爱；我们对于生活的体验往往是第二轮的。"

我曾遇到过一个朋友，她是一个上班族。在闲聊中，我们都谈起了自己的父亲。她对我说，每次从机场的高速公路开车回家，那段路的风景真的很好，远山淡影，黑色灰色都有层次，好像中国的水墨画，刚画完纸还没有干的那种。但更重要的是，天际的云是彩色的。好像是黑灰的世界里，被神灵眷顾的造物。我原本很惊奇于她的文采，然后她突然看着我说："你知道吗？天边的那片紫色，我知道里面一定有一朵云，是我的爸爸。他在天上看着我。"正如失眠整夜的人，眼睁睁看着天亮，才听得到小区里一共有几种鸟叫。"心里颇不宁静"的朱自清，看得到"树缝里也漏着一两点路灯光"且"在烟雾里也辨得出"的杨柳的丰姿。命运加诸我们的无可挽回的失去、令我们烦乱的重压，也给予我们领会官能感觉和中枢神经变见（改变其原来的样子而出现）的抽象形象。创作者在创造之时，基于直感而变见的形象再做表现时的整体安排，呈现为造像、投射、隐喻，或仅仅简单的"联结"（云与父亲），这背后的情感形成机制是十分复杂的，但又是很容易被理解的。我所接收到的"力量"，包括了言说者对我的信任、她对于已故亲人的思念，更重要的是，她将自己的想念物化成了风景，物化成了一种由风景而成的情感交流。这也许是"景语与情语"最基础的关系。林黛玉看到的花和林徽因看到的花，一定是不同的。另有许多人，即使身处同样的场景，根本没有看到在这一场历史变迁中曾有过翩翩落花。亦有人看到了不同的花，便会想到不同的凋零、不同的身世，看到花立即想到人。这是语义的延展与诗学空间中的通感、分裂、歧变，表现出审美融合的艺术特征。

对我们中国人来说，文章里的"景"是重要的。"景无情不发，情无景不生"体现了二者的相互作用。更重要的是，成熟的作家都有自己的抒情语言。这个语言不是好词好句或者生词难句，而是有属于自己的构图和意境，景物的聚焦、偶然的体悟交织着长期苦思冥想的志向，最终成为包含主题生命经验的精神活动，景与情发生联结，也就是文章所表现出来的交融。抒情性作品中所呈现的情景交融、虚实相生，若以单篇文章的形式呈现，其实不足为道。往往，无论是画家、音乐家，还是书法家，都有相对整体的创作风格，这种风格与他们的人格气质密切相关。他们被不同的人喜欢，也是因为创作人格激发了他人对于"情""意""境"的共鸣。众所周知的是，郑板桥画竹，"晨起看竹，烟光、日影、露气，皆浮动于疏枝密叶之间"，才引起了画意，"其实胸中之竹，并不是眼中之竹也。因而磨墨展纸，落笔倏作变相，手中之竹又不是胸中之竹也。总之，意在笔先者，定则也；趣在法外者，化机也"。从眼中之竹到胸中之竹，画家不得不经由自己所掌握的美感和自认为美的形象不断做出调整。这种调整，可能在外人看来是费解的。类似画作的呈现，和文章的呈现是相似的，即竹、烟光、日影、露气、疏枝密叶如何进入作品中，如何发挥它们在观念上的作用，这个作用指向"美""和谐"，或不指向"美"，而指向作者心中之景的"真实"。创作者认为它应该和什么样的情境聚合在一起最为合适，美术的感觉告诉创作者必须这样或那样裁剪自己的绘画质料来搭建精神世界。落实到写文章，也是如此的原理。我们看到的世界是一回事，我们选择世界中的什么物质进入写作的文本是另一回事。这些被选择的自然素材，与情感中的哪些片段组合在一起、发挥美的效用，或展现作者心中对于理想世界的呈现，是非常个人化的工作。然而，不管艺术家的创作观差别有多大，呈现那些被选择的物象和创作者理解宇宙、理解自然、理解命运之间的关系，才理应是散文的志向应该表现的事，也是情语与景语结合的路径。物事变化组合的重要性，不亚于散文主题和语言的选择。它需要美术和音乐的抽象思维训练，辅助我们理解所谓散文的感觉、散文的触角。"白话美术文"本身不算是成功的尝试，但白话文成功了，美术也是永恒的美术，可以给我们启迪。

"景语"的"景"，也不一定指的都是静态的风雨雷电、花鸟鱼石。它可能是故事性的，更接近于我们现在所说的"构图"。人也会成为景的一部分，这不是散文文体的独创。以我们最熟悉的电影为例，小津安二郎《晚春》的结尾，父亲参加完女儿的婚礼回到家，他虽然很希望女儿早点结婚，但女儿真的离开了家，他茫然地坐在椅子上削苹果……这是一个简洁安静的画面，它不只是一天，而是将由一天开启的很多天，直向着"不尽"去的；也不只是一位父亲，而可能是大多数有女儿的父亲所不得不欣然领受的命运之"景"。在这里，没有通过语言表现出来，却让人感同身受的"情"最为动人。"削苹果"的父亲、"慈母手中线"的母亲，都是艺术通感所建构的美学画面。另有更为复杂的造景，如电影《这个杀手不太冷》中，小女孩马蒂尔达流着鼻血问杀手里昂："人生总是那么痛苦吗？还是只是小时候这样？"里昂说："一直都这么痛苦。"而后小女孩的家人被杀，一个中年硬汉被迫带着一个年幼的小女孩开始逃亡。他们一高一矮行走在街头的远景令人印象深刻，小女孩手里还抱着盆栽，他们彼此信任，还成为对方残酷人生中的乐趣。这样一老一少、一男一女，是被暧昧构建，又足以与生命旅程之残暴同构的美学图景，映射了艺术工作者戏仿"命运"判决的诗心，有着很强的感染力，引发读者的想象力。

　　以如今我们对于现代散文的要求，通过在开篇或结尾处插入景色描写，围绕一个故事，显然是太过拙劣的笔法。我们对于情景交融所能呈现的意蕴的瞻望是很高的。而文章意境的来源，不只需要我们淬炼高质量的情感，还需要我们更深沉地理解人生、理解命运，并对心理现象有意识地搜集裁剪，形成自己的艺术观念。这要求写作者在写作散文之外，在日常生活中，有足以发现最具"心灵光彩"的生活片段的能力，有撷取人情中最难言说及言说不尽的困境的锐利，及将它们组合成连续不断、起伏变化的文学语言的耐心。在确定了散文主题之后，在信手拈来的抒情之外，我们还应该努力发掘"感同身受"的境遇及这样特殊的境遇之下可能看到的不一样的物质世界，甚至是离奇的，从而挖掘心灵图景的创造可能。举一个不算太恰当的例子，刘大任《散文三章》之二《挂着与落着的雨》，就写得很别致，令人印象深刻。这可能也是一种"白话美术文"的当代尝试：

于是你始而念及没遮拦的一个圆。你在圆中，圆在没遮拦中。而没遮拦是不合于圆的，正如圆不合于你。

然则，当夜晚：你穿过草香，穿过建筑黑影；你穿过回廊，以及回廊中铿锵的静。当夜晚：你浮游于迷离的灯火，浮游于灯火与灯火间不可解释的距离，以及它们复杂的圆形，呵呵！以及这无法改变的圆形中澎湃欲出的冷冽之力。当夜晚：你步上阶梯，感觉自己的重量。当夜晚：你痴立阳台，凝视已然铸成的自己被围以透明而弹性太大的帘。帘外，流行的尼龙色的雨，一根一根的挂着……

不为什么地，由是——

圆在构成，且是无遮拦地。且扩散于暗夜中，于洁白的暗夜中。你阒然张开双臂……

而这圆仍一竟地构成。诸如

一根一根落下的雨。

这一定是艺术家内心的极端感受，作者带着特殊的眼光看到的陌生的夜雨。他在"看见"的同时，其实也在发明景物的联结方式，发明新的白话文。除了"一切景语皆情语"。关于散文写作，中学老师说得很多的另一句话是"形散神不散"。所谓"神不散"，说的可能就是类似"心灵图景"的框架搭建。那可真是极复杂的要求。在散文写作中，若能根据情感的内容应物象形，恰当地表现出特定的人在特定的境遇之中所能看到的特殊的世上之物，并将这些"看见"有机、灵巧地组合成情感和美感共有的景观，传写感官印象，那么景语就自然生动了起来。

实际上，"景语与情语"的话题也是最能表现散文"化有为无""无中生有"的特质的。杨牧在《散文的创作与欣赏》一文中解释：

所谓"化有为无"是把一件本来相当重要的事，在行文的转化中，不了了之，好像什么都没有了，然而却余味无穷……有一种散文是"无中生有"，林语堂很多文章如此。本来没什么事的，他突然讲起戒烟来了，而戒烟本来也没有什么了不起，并不值得大书特书，待写到最后好像全世界都应注意这事。这些都是我们最近六七十年散文发展史里令人注目的新技巧。

　　那么，由景到情，或由情到景，书写它们之间"有""无"的转化，亦可运用这样的语言表现技巧。

发明中的语言美

7

我们在"散文语言的物质性"这一讲中，曾经简要地谈到过散文的语言，其实可阐发之处还有很多。我们曾提到中国的汉字具有视觉性，即使不朗读出来，在纸面上，汉字字形的组合就会暗示我们一些信息（我们举了《西游记》中"弼马温"一节对于马多的描写），名物的铺陈也能渲染我们对于经验世界的陌生感（我们举了《西游补》万镜楼台的例子），制造停顿的效果。这样的文学布置，无论在古代小说还是在古代散文、诗赋中都有运用，也曾遭遇过批评。之后，我们转向到了"情"的讨论中。情感教育是现代散文写作课"工夫在诗外"的基本训练内容。我的基本观点是，如果在生活中不具备鉴别复杂情感的能力，那么在文章里，有质量的感情不会白白地恩赐给作品。王安忆教授对我们散文写作的期待是，理性地运用感性，对思想有感情。这是非常高的要求。文学就此才能展现出智性的志向，"识别、鉴别"是写作教育的着力方向。

两相结合起来看，我们可以简要地总结，现代散文是以白话文表达内心复杂情感的文体。这种复杂情感的产生机制，来自我们的内心，一种近似于"重现"的愿望：重现那些生命中不可挽回的人事，重现那些不可修改的命运的结局，重现忽远忽近的家乡认同，重现"失去"的痛苦，重现对于失序与变化的抵抗。重现的方式，是用白话文的词语作为工具和媒介。之所以在这里强调白话文、词语、语言，是因为我们不可避免地受制于传统文学历史的影响。在古代，文学的语言不是日常的口语，而是一种被严格规定的、有韵律的语言。五四打破了这一切，重新调停了文学类型和文学权力之间的关系。正如我们不会在拉丁语、希腊语中说到当代世俗世界的物和关系，这个世界上存在过的许多经验也不会出现在文言文的世界中。文学语言和物质世界的重合程度是极其有限的。

在我们讨论到的话题中，曾有过一个结论，即在这个世界上存在着许多尚未被命名的情感，那些尚未被命名的感受来自作家强烈的心灵体验，是真实存在的，并不能用有限的词语准确地表达出来。我们常用的词语是有限的，但这不妨碍我们可以使用已有的词语去找寻它，无限地接近它，甚至可以用方言、用外来语借力摹写它。在这探索和接近心像的路途中，我们会发现，自己的描述逐渐与现实生活中的"事实"拉开了距离。即便这中间并不存在所谓"虚构"，亦有新的世界被真真实实地创造了出来。这种创造，是现代散文的精神劳动所"发明"的成果。在高度世俗化的现实世界之外，理性地营建一个心灵意义上的情感世界，就是我们一直以来在努力完成的工作。如此，我们便有商有量地默认了这种创造性劳动的前提，即我们生活在一个具有丰富的情感经验的世界中，这些情感经验不能用单一的"亲情、友情、爱情"来概括。在这个尚未被理性梳理清晰的经验世界之外，存在一个新的美学世界，它的新颖源于每一个人看到的、共情的视野都不一样。这个美学世界具有历史性，因为它符合中国文学的传统，在（散文）文体之内，不需要进行积极的虚构，只需要从实在的经验中找到情感的原质，以词语的组合作为表现手法，展现作者心中的"高度关心"。正是这种"高度关心"支配着我们的散文写作，也是这种"高度关心"区分着作者与作者之间文学人格的差异。有的人关心土地，有的人关心爱，有的人关心死亡，有的人关心政治。

奥威尔在《我为什么写作》这篇著名的文章中，提到了他十六岁的时候，突然发现了词语本身所带来的乐趣，也就是凭借词语的声音和联想，触及了他的文学启蒙。他读到《失乐园》里的两句诗：

这样他艰辛而又吃力地
他艰辛而又吃力地向前

……当时他全身发抖。虽然无法从这两句翻译的句子中得到相似的共鸣，但作家的感受是无比真实的，因为他突然看到了一个和自己的审美有关的精神世界："如果说我在那个时候要写书的话，我要写的书会是什么样就可想而知了。我要写的会是大部头的结局悲惨的自然主义小说，里面尽是细致入微的详尽描写和明显比喻，而且还满眼是华丽的词藻，所用的字眼一半是为了凑足音节而用的。"是词语，或者说音节的组合形成的画面，突然间启迪了作家的创造动机。这很有趣，因为奥威尔提到的作家身上的四大写作动机，第一条就是"自我表现的欲望"，有才华有个性的人决心要过自己的生活；第二条是"唯美的思想与热情"，有些人写作是为了欣赏外部世界的美，或者欣赏词语和它们正确组合的美（另两条是"历史方面的冲动"和"政治上所作的努力"）。我们可以将前两条看作文艺青年挂在嘴边的"找自己做自己"，后两条比较艰辛，是所谓的"完成自己"。表达自己是谁和表达自己看到的世界，无非是确证自己与他人的差异、自己与自然世界的关系。"完成自己"则需要通过理性的思想、危险的实践，发明经得起时间检阅的意义，提出对人间法则、命运之间的关系的不俗的看法。没有一个艺术家会不历经困顿就抵达"美"，也不是所有的"美"的呈现都是轻柔和谐的。我想至少有一种，也许是被李泽厚称作"狞厉美"的东西，吸引过无数艺术家投入狰狞、怪诞背后的神秘和崇高中去。只可惜人生有涯，许多有才华的人并没有在精神的跋涉上完成自己就离世了。他们可能也曾和困苦认认真真地搏斗过，留下了一些文字，或没有。我们课堂上所谈的修辞，是永远在这种理想的追寻之下的。课堂上所谈的文学形式所能承载的感情的强度，永远是稚嫩的、青年的。

话说回来，奥威尔所说的前两条动机和语言训练的关联更为密切，也是我们初学者可着力学习的内容。例如我们很容易在一些教材中，看到"修辞"的训练，这些训练，大都是从文学作品的鉴赏中来的，所谓历史的后见之明。在此援引郑明娳《从余光中的散文理论看其作品》

的观点：余光中的散文理论在他的作品《左手的缪思》、《逍遥游》后记及《我们需要几本书》（收入《焚鹤人》）中有过体现，在《剪掉散文的辫子》（收入《逍遥游》）一文中则比较具体地提出三点：现代散文要讲究弹性、密度与质料。

所谓"弹性"，是指这种散文对于各种文体各种语气能够兼容并包融和无间的高度适应能力。文体和语气愈变化多姿，散文的弹性当然愈大；弹性愈大，则发展的可能性愈大，不至于迅趋僵化。

对此，郑明娳认为："在情境所须时，也不妨用一些欧化或文言文的句子，以及适时而出的方言或俚语。主张文句适度的欧化，余先生并非第一人。朱光潜、郭绍虞都曾提出过。他们认为西文中紧凑的有机组织和伸缩自如的节奏是特别值得效法的。朱先生并指出插句习惯及更活泼的倒装句法可使中国文字更鲜活。"随后，郑明娳举了余光中的名篇《听听那冷雨》，认为这样的语言运用特别的倒装句式，呈现了错落有致的美感："因为雨是最最原始的敲打乐从记忆的彼端敲起。瓦是最最低沉的乐器灰蒙蒙的温柔覆盖着听雨的人，瓦是音乐的雨伞撑起。"

从现在的角度来看，这样的写法和看法都有些"老派"，但如果我们回到历史情境中，回到那个艺术家在白话文的新世界中不断摸索词语与自然世界关系的状况下，倒也能看出文辞设计背后的诗心，余光中以诗人的自觉，追求的就是这种语词自由的排列、古今意象的唤起，以打扰读者对于既有汉语排列的思维定式：

一打少年听雨，红烛昏沉。两打中年听雨，客舟中，江阔云低。三打白头听雨在僧庐下，这便是亡宋之痛，一颗敏感心灵的一生：楼上，江上，庙里，用冷冷的雨珠子串成……（《听听那冷雨》）

余光中先生的英诗课是讲得很好的，他可以以他的学养和创造力自由组合西人的典故"猛虎与蔷薇"，或中国的杜牧清明诗、陆游入剑门、王维渭城曲及蒋捷虞美人……毫不吃力，身体力行地实践着他的现代散文修辞观——"现代散文的语汇必须丰富"。他调度的，基本都是诗的中外经验。他所谓的语言弹性，即打通古今中外，调节句子长短，充分运用汉语的音乐性和韵律。对所谓的密度，他只做了笼统的解释："是指这种散文在一定的篇幅中（或一定的字数内）满足读者对于美感要求的分量；分量愈重，当然密度愈大。"知名作家心里往往是有广大读者的，我们普通作者未必有这样值得被观摩的自信。语言的密度在我看来，大致就是有效信息量的意思，老派作家会更熟练地运用典故。西方非虚构写作类型的介入，使得这个问题在"散文"语境中的探讨颇为复杂，暂且不表。余光中有高度自觉："我的散文，往往是诗的延长；我的论文也往往抒情而多意象……与其要我写得像散文或是像小说，还不如让我写得像——自己。"这其实正说明了奥威尔写作动机的第一条，"严肃的作家整体来说也许比新闻记者更加有虚荣心和自我意识"。诗人写散文是有优势的，这种优势来自他们对于词语本身的想象力和对于语词歧义的着迷。此外，我也很欣赏诗人创造的散文语句："……密西根的雪犹他的沙漠加州的海都那么遥远，陌生，而长城那么近。"（《万里长城》）好的流行歌词也吸收了不少类似的方法，通过设置意义的冲突营造对于读者思维定式的干扰，撞击新鲜的语言之美。我们能做的，其实是效仿他们，多从现代诗中汲取对于词语的高度关注。这不会有什么坏处。

另一方面，其实我们也可以尝试去发明新的语言。这并不是多罕见的事。除却诗人，还有一类（老派）人可以给我们有效的帮助，因为他们对于个别的字或词的质地和品质锤炼得颇为费心。我有一次观看复旦中文系主任陈引驰教授的《中国古代文学史》课程，收获了不少启发。虽然是一门古代文学史课程，但他讲到了埃兹拉·庞德、安德鲁·马维尔、拉罗什富科、莎士比亚、堂吉诃德、穆旦、米兰·昆德拉、莱辛等等中外艺术家，更有趣的是，他提到了王小波的一篇文章《我的师承》。王小波写自己对于现代汉语之美的理解，来自一条鲜为人知的路径，那就是诗人们的译笔。"王道乾、穆旦（查良铮）对现代汉语的把握和感觉，至今无人可比。一个人能对自己的母语做这样的贡献，也算不虚此生。"所谓"这样的贡献"，来自中国文学从先秦开始逐步脱离音乐、注重文字本身，到开始运用严格的语言法则，承载天道历史、追问人生基本问题的职能。古老的文学形式对于情感表达的规训，是后来的我们对于词语想象潜力的羁绊。20世纪优秀诗人的译笔，通过白话文与欧化句式的不断磨合，发明了新的文学语言。这样的磨合之路，仔细想来距离我们并不遥远。此前提到的余光中先生，做的是差不多的语言实验。

朱光潜在《散文的声音节奏》一文中，对欧化语言和文言文的介入也提出了很多尖锐的看法。他喜欢老舍、朱自清、沈从文的语言，看得到他们笔下的骈散交错、长短相间、起伏顿挫等种种道理，虽然没有很显著的痕迹。朱光潜也批评了当时"没有锤炼得好的欧化文"和"用了几句不大新鲜的文言……非驴非马，和上下文不调和"的散文语言，讽刺的是，他举出的范例在我们现今的语言环境中，居然不算最次。白话散文中的声音节奏和音乐之美，如今更少有人讲究。真正精通外语又是一流诗人的翻译家，也较前代稀缺了许多。汉语之美，仍在被发明、被照亮的旅途中。热爱现代散文的同学们，完全可以在散文这一文体中，为母语做出新的贡献。

抒情的境界

8

谈散文，就一定会谈到"意象"和"境界"这两个大词。

郑明娳的散文理论认为："意象，可以说就是文学作品意义构成的基础元素之一，它不仅具有装饰性的功能，而且是文学美的重要成因。意象的基础就是心象……以各种譬喻手法作为表现程序的一种语言图像——转义、象征、隐喻、类比，正是构成意象的几个主要修辞途径……意象论就是'散文的诗学'。"郑明娳将意象的本体分为感官式意象（视觉、听觉、触觉、嗅觉、味觉）、心理式意象（概念式、情绪式）。这听起来非常抽象，实际上说的就是两个图像群之间的关系。郑明娳指出了意象的达成，来源于写作者对于外部世界动态的观察，并将眼前之物与心中之物联系起来的能力。这当中历经了美感经验转形转义的过程，最后指向了具体的他者。意象的创造，是我们对客观事物的知觉（视觉、听觉、触觉、嗅觉、味觉）被"物化"为另一个形象的过程。这个过程是很困难的，经常会失败。例如有人将女人比作花，有人不喜欢这种比喻，因为那表示女性青春短暂，生命力只存在于绽放的花期。舞台剧《暗恋桃花源》里，老导演让女演员表演"一朵下凡的云，一朵开放在夜空中的白色山茶花"，因为"白色山茶花"象征着导演心中的初恋。这朵永恒的花，既关联到一个具体的初恋恋人，也表示战乱之中一段颠沛流离的青春往事。女演员听完后说："导演，这很难演欸……"也有一代人会将女人比作骆驼草，没见过骆驼草的城市女性，和没见过上世纪50年代的年轻人一样，会觉得不知所云。对投射之物的陌生，令联结失败。把一个群落的人，比作一个时代，比作一种自然风景，这样的文学手法比比皆是，甚至显得老套。但物与物之间，情与物、道与物之间，依然在发生、发明着新的关联。关联失败是常见的，因为心象是复杂的、难以言表的。不去营造"意象"，文章也不一定有损失。

我们现在对"物化"这个词十分警惕，似乎"物化"直接等同于商品化、异化。实际上这个词在中国典籍中出现，远早于马克思。《庄子》中，"物化"就作为单独的词出现过三次，分别存于《齐物论》《天道》《刻意》中。"庄周梦蝶"就是"物化"寓言，表现的是死生转化、万物自化，背后有深邃的生命观、宇宙观作为依托。庄子真正想要做的，是打破被分割的价值世界，强调"通"。在庄子的世界里，一切都可以转化，他可以成为蝴蝶。世间万物之间的差别泯灭，这种泯灭是哪里来的？当然不是从外部律法中来的，而是从心里来的。所谓"心象"，说起来也是玄之又玄。我们可以简化理解为，我们怎么看待人与世界的关系，决定了我们意象塑造的质量。

1933 年，何其芳写作了一篇散文《雨前》。何其芳在 1936 年获得了《大公报》设立的文艺奖金，评审之一是沈从文。那一年，何其芳 24 岁，刚刚从北大毕业，那篇获奖文章的题目叫《画梦录》，创造了一个非常精致的、抒情的、象牙塔式的世界。《雨前》是《画梦录》中有代表性的一篇作品。

最后的鸽群带着低弱的笛声在微风里划一个圈子后，也消失了。也许是误认这灰暗的凄冷的天空为夜色的来袭，或是也预感到风雨的将至，遂过早地飞回它们温暖的木舍。

几天的阳光在柳条上撒下的一抹嫩绿，被尘土埋掩得有憔悴色了，是需要一次洗涤。还有干裂的大地和树根也早已期待着雨。雨却迟疑着。

我怀想着故乡的雷声和雨声。那隆隆的有力的搏击，从山谷返响到山谷，仿佛春之芽就从冻土里震动，惊醒，而怒苗出来。细草样柔的雨声又以温存之手抚摩它，使它簇生油绿的枝叶而开出红色的花。这些怀想如乡愁一样萦绕得使我忧郁了。我心里的气候也和这北方大陆一样缺少雨量，一滴温柔的泪在我枯涩的眼里，如迟疑在这阴沉的天空里的雨点，久不落下。

　　也似有一点烦躁了，有不洁的颜色的都市的河沟里传出它们焦急的叫声。有的还未厌倦那船一样的徐徐的划行，有的却倒插它们的长颈在水里，红色的蹼趾伸在尾巴后，不停地扑击着水以支持身体的平衡。不知是在寻找沟底的细微的食物，还是贪那深深的水里的寒冷。

　　有几个已上岸了。在柳树下来回地作绅士的散步，舒息划行的疲劳。然后参差地站着，用嘴细细地梳理它们遍体白色的羽毛，间或又摇动身子或扑展着阔翅，使那缀在羽毛间的水珠坠落。一个已修饰完毕的，弯曲它的颈到背上，长长的红嘴藏没在翅膀里，静静合上它白色的茸毛间的小黑眼睛，仿佛准备睡眠。可怜的小动物，你就是这样做你的梦吗？

　　我想起故乡放雏鸭的人了。一大群鹅黄的雏鸭游牧在溪流间。清浅的水，两岸青青的草，一根长长的竹竿在牧人的手里。他的小队伍是多么欢欣地发出啁啾声，又多么驯服地随着他的竿头越过一个山野又一个山坡。夜来了，帐幕似的竹篷撑在地上，就是他的家。但这是怎样辽远的想象呵！在这多尘土的国土里，我仅只希望听见一点树叶上的雨声。一点雨声的幽凉滴到我憔悴的梦，也许会长成一树圆圆的绿阴来覆荫我自己。

我仰起头。天空低垂如灰色的雾幕，落下一些寒冷的碎屑到我脸上。一只远来的鹰隼仿佛带着怒愤，对这沉重的天色的怒愤，平张的双翅不动地从天空斜插下，几乎触到河沟对岸的土阜，而又鼓扑着双翅，作出猛烈的声响腾上了。那样巨大的翅使我惊异，我看见了它两肋间斑白的羽毛。

接着听见了它有力的鸣声，如同一个巨大的心的呼号，或是在黑暗里寻找伴侣的叫唤。

然而雨还是没有来。

（何其芳《雨前》）

文中所谓"心里的气候"，正是所谓"心象"。作者幻想雨的迟疑，渴望雨的干脆。幻想鸭群烦躁，就连梦都是憔悴的，其实是作家心里烦躁，鹰隼怒愤，其实是作家心里怒愤。《雨前》写的是物我之间，物在诠释"我"的心象。"我"的心象还不是一个具体的东西，而是流动的图像。图像中景物的流动，照应着作者复杂情绪（主要是消极情绪）的流动，"忧郁""迟疑""烦躁""憔悴""寒冷""怒愤""惊异"统统指向"心的呼号"。何其芳并没有说明到底发生了什么事，他书写的"雨前"这个"意象"群落，令人印象深刻。

由此可见，所谓"心象"说起来也是玄之又玄，堪比哲学，本质上还是处理"我和世界"的关系。我们不妨将何其芳这一名篇与王维的诗歌做一个比照。王维是我们中学阶段最熟悉的诗人之一。王维对庄子"物化"价值的认同，表现在《辋川集》中的《辛夷坞》《竹里馆》《鹿柴》等诗歌中，刚好把"我"给拿掉了，替换成了"无人"。"无人""人不知""不见人"到底算是有没有人呢？说不清楚。人被超拔为一个抽象的眼睛，和鸽子的眼睛、青苔上的水珠可能没什么大的区别。

木末芙蓉花，山中发红萼。

涧户寂无人，纷纷开且落。

独坐幽篁里，弹琴复长啸。

深林人不知，明月来相照。

空山不见人，但闻人语响。

返景入深林，复照青苔上。

王维笔下的"心象"，就会指向所谓"心斋、坐忘"的超然境界。诗中名物不是表现作者情绪的工具和媒介。书写背后的心灵的力量，是大于"我"去附着于万事万物的个人情绪。表面上看，庄子好像不去谈物化、转化背后的"情"的作用，这就和我们现代散文的写作动机隔离开了。古诗中写情写得至深至重莫过于《古诗十九首》，"盈盈一水间，脉脉不得语"，好像也没有说话，却有"千言万语"的痴心传递给读者，而不是真的静默。

闻一多认为，王维诗"不是心极静是写不来的……在静中，诗人便觉一切东西都有了生命"（《闻一多论古典文学》）。这似乎提醒我们：文章的意境是怎么来的？意境好像不是精致的词语堆砌起来的，也不是浓烈的情感叠加出来的。

如果说，创造意象的能力指的是把看到的物和想到（心里）的物建立起联结，实现审美意义上惊险的跳跃，那么我认为这样的呈现更多地依赖于天赋，而非技术。我们经常想到一些文艺片的导演，有的人喜欢用暴雨，有的人喜欢绿色，有的人喜欢用小女孩，有的人喜欢裁剪光影，有人喜欢调度大自然的声音。你很难说这到底是为什么，只是不同的艺术家有自己重塑世界的方式，他觉得这样美，他就这样做。把什么样的素材剪裁到自己的作品里，重新组合成心灵意义的图景，也是区分散文作家品位高下的指标，我们可以称之为"灵感""才华"……没有也就没有了。"意境"听起来更广大，反而是更值得深思和训练的。

　　简而言之，我的观点是，小说的意境在于使命不达，散文的意境在于虚实，虚实的基础就是"远近"。"意象"的塑造在其中可能会起到一定的作用，但需要深邃的哲学内涵加以支撑。如果我们的散文里，没有造出什么新的"意象"，问题也不是很大。"使命不达"很容易理解，这就类似于电子游戏里的"不救公主"。《世说新语》"任诞"篇一个著名的故事叫"访戴"。王徽之住在山阴，有一天夜里下大雪，他睡醒了，打开房门让人斟酒，看到四周一片洁白，然后起身徘徊，吟咏左思《招隐诗》。忽然想起戴逵。王徽之当即连夜坐小船去找他。行了一夜才到达，到了门前不进去就返回了。别人问他原因，他说："吾本乘兴而行，兴尽而返，何必见戴？"纳博科夫有篇小说《玛丽》，写的是流亡中在膳食旅馆差一点就要重逢初恋，但最后没有见。伊迪丝·华顿的《纯真年代》也有差不多的意味。他们对主线任务的结果居然有一种"心不在焉"的态度，这真令人着急，也令人困惑（"心不在焉——这正是他目前的状态，他对于周围人们觉得实实在在的东西一概视而不见，以致有时候，当他发现人们依然认为他还在场时，竟会让他大吃一惊……"——《纯真年代》）。

散文却不一样。散文里出现的事情是有结果的，就算不写出来，也不能修改。那我们可以怎么做呢？就是带有"移情"意图地书写"远近"、书写"虚实"。范昌灼先生的《论散文的意境创造》一文中谈到，散文的意境，源于"境界"说，即"物、情、意"三境。宋以后，始将情境并入意境，物境又被称为"神韵"。而所谓"移情"，在早期德语、英语的释义中都是关于人类与艺术对象发生联系的心理学阐释：观察着把这身的感受投射到所观察到的客体中，使客体似乎具备了人的情感，从而人与事物之间产生同情和共鸣的现象。我们读到的何其芳，就是"移情"笔法的高手。如果我们有更远大一些的志向，会发现构建"心远"本身所呈现的孤独感远远强过于寄情于物。

《博物志》里有一个"八月槎"的传说，也很有意境。故事说的是有个住在海边的人，看到年年八月都有很大的木筏漂来，想起天河与海通的说法，便异想天开要去天上看一看。他准备好粮食以后，一个人乘着木筏而去。这一位凡夫俗子，也不用修道，也不坐飞船，就这样浮浮沉沉十余月，居然看到了日月星辰、牛郎织女。牵牛人问他是怎么来的，他如实以告，他问牵牛人那是何地，牵牛人的答案也给得很玄妙，让他去问蜀中术士严君平。漂来荡去，神神秘秘，看似无为，却联结海天，堪称一则浪漫的古代梦幻探险故事。我很喜欢这个故事，因为它没有什么具体的人生智慧和生存哲学，却具有深远的旨趣。它用文学的方式，眺望到比现实天地更广袤的地域。而这种"眺望"，居然是一种偶然关系的机缘，强调"无为""自然"的庄子美学无疑在中间发挥了很大的影响力。

　　我们最后再来看一看庄子，其实庄子的表达方式是高度文学化的，与我们这一讲讨论的意象、意境都有关系。他有两个写作方法，是我们在散文课程里可以训练的。一是开辟空间（物理、心理），二是寓言（也就是"藉外论之"，意在此而寄于彼）。庄子《逍遥游》的开篇，就给出了一个很阔大的境界：

北冥有鱼，其名为鲲。鲲之大，不知其几千里也。化而为鸟，其名为鹏。鹏之背，不知其几千里也。怒而飞，其翼若垂天之云。是鸟也，海运则将徙于南冥。南冥者，天池也。

陈引驰在《庄子精读》中解读："'北'与'南'的对举，构成辽远的空间感，且不说原来这'鲲之大'以及变化之后的'鹏之背'，都有'不知其几千里'之大。这个至大的开阔境界，使人突破了自我而趋向开放，现代诗人有诗句曰：'谁此刻孤独，谁永远孤独。'只有突破了此刻的局限，才有充分展开的精神空间……提示我们，它所关注的不仅是'人间世'，而且广及生动活泼的世界全体……《逍遥游》的主旨显然不是要谈鲲鹏如何如何，而是要借鲲鹏来说一番如何'逍遥'的道理。"意在此而寄于彼，并非顾左右而言他。透过一粒粒细沙，去窥见大千世界的真相，永远是中国文学至美至纯的追求。

第九讲

状物与言情

9

讲到了"物化"，我们来谈谈"物"。散文写作，难免要处理到书写物质。书写物质，也未必是专门书写"物"，而不写其他。"物"的联想与追忆可以隐藏于任何文体，小说也会处理到与人物命运或外部世界变迁有关的物象，由此可见，物的书写是广泛的。如果说散文需要处理的是真实情感的纹理，如何建立物与情之间的关系，就会成为我们现代散文写作训练的重心。

物本身只是物，哪怕它具有历史性，会被新的功能物替代，它本身不会带有什么情感。有别于书写以连贯的事件作为情感推动助力的文章，我们对于物象的认知、素描，起源于我们毫不费力就自然积淀的经验，而非偶得的神机。这些经验有时可以自我结晶化为诗，或成为建立人与人命运关系的媒介，最终联结成为好看的故事。而如果只是以散文的方式表达，由物联想到有关生命时间的体悟、世事变迁，则是十分常态、直接的处理。哪怕只拥有最普通的生命经验，不必要经历太多沧桑，写作者也可以有无穷尽的素材可以挑选。尤其是我们刚好处于外部世界飞速变化的时代，这种飞速变化是有代价的，是以一部分人的记忆毁坏作为基础的、不计情感成本的变化。文字工作者，总会感受到类似大淘洗背后的感伤和慨叹。在我们的写作课堂上，有同学分析过磁带、录像带，有同学问我是不是用过 MSN，也有同学写过戒指，写过祖父祖母家的洗脚桶、铁锅……我们一起讨论过遗书、情书作为物象的故事，还有同学告诉我，现在他们彼此之间已经很少赠送真正的礼物。简而言之，写物是不困难的。困难的是，没有人邀请我们咏物。物始终作为一个书写的媒介，存在于我们的虚构写作或非虚构写作中。

物与情的联结，本来是古典的，然而如今日益失效，可能和消费主义的发达有关。鲍德里亚在《消费社会》

中对于"物的时代"的定义是："我们生活在物的时代：我是说，我们根据它们的节奏和不断替代的现实而生活着，在以往所有的文明中，能够在一代一代人之后存在下来的是物，是经久不衰的工具或建筑物，而今天，看到物的生产、完善和消亡的却是我们自己。"物质文化起先是物与人的关系问题。物不仅会对人形成压迫，也会与人产生亲密的纠缠。比方"礼物"，早期人类学家马塞尔·莫斯（Marcel Mauss）的名著《礼物：古式社会中交换的形式与理由》，就为我们理解物与人之间的关系打开了一扇窗户，这里食物、衣着、日常用品等人类行为的载体，都可以看作记忆、时间、生命意味的负荷者。奈保尔的小说《模仿者》、汪曾祺的名篇《黄油烙饼》都是非常好的参考范例。物的背后有全球化的幽暗叙事，亦有贫富阶级历史创伤的沉痛。

在中学里，我们从古代文人那里学到最多的文学技巧，就是所谓"托物言情""托物言志"。在先前的几讲中，我们提到这里的"情"指的不是单一的爱与恨，而是复杂情感，是"一种新鲜的说不出来的感受"（林庚语）。这里的"志"，说的是"可等同于一个人平生某刻的意义"（高友工语），或者说，"人如何在艰难困苦中完整自己"（叶嘉莹语），也就是现代人常说的高光时刻。围绕"物"的高光时刻是怎么来的？有时是政治创伤的阴鸷对创作者的磨折所造成的，有人投身书法，有人投身考古，寻求新的、与历史之间可感知的关系。这种"感受"，是散文化的。因为它不是虚构的，而是人体可感的。它也不是基于语词本身的想象，而是落在实处的。它是"有情"的。

想要自己的文章写物写得别致，我们还是需要对"物质"具备新鲜、前沿、反刻板印象的知识，要对物与其旁涉的"关系"具有敏锐和独特的联想能力。广义上物质书写中的"物"，包括了食物、衣着、日常用品等人类生活的载体。依照蒂姆·丹特（Tim Dant）在《物质文化》（*Material Culture in the Social World*）一书中的说法，物（things）包括自然与人造的物，被挪用进入人类文化中，再现文化的社会关系，代替了其他人类，并带着价值、概念与情感。现实世界中的物被纳入社会互动中，使得社会结构能具体化，并反映了我们身处社会现实的本质与形式。在散文文体中，我们可以区分，有的作家对人感兴趣，物是人的补充，有的人对物感兴趣，人只是围绕着物的关系的衍生。香港有个作家叫也斯，谈到散文写作的时候，就曾提到："我对人感兴趣。不同的人，不同的生活态度，那里有写之不尽的题材。饮食是生活中最基本的东西，其中也见出人的偏执和欲望、情感与记忆。面对食物，正如面对世上的诸般事物，我们有欢喜，有尴尬，有排斥，有欣赏，那里就有许多故事。中国传统文学里本有咏物诗词，我不过在现代的背景中写物的性情、人的态度，思考人与物的关联。由于个性关系，我不喜欢暴饮暴食，喜欢浅酌谈心；不喜欢单一的象征，喜欢试探事物与文字多方面的可能。"也斯早年的散文写食物与人情世道，这并不新鲜，但他提出的"事物与文字多方面的可能"是很有趣的，我们通过状物，其实是个性化地定义对方，命名对象。当然我们讨论的物，不只是食物，不只是衣物。我们现在讨论"物质"，还会堕入商品文化的陷阱里面去。好像我们现在讨论所有的物，都是一个商品，商品背后的文化，是广告建构出来的文化。有建构，就有反建构，一个常态的物质，它不只是食物，不只是动物，不只是商品，而是更为接近自然的、原生态的存在，吸纳我们的关注，也栽培我们的情感。年轻人比较喜欢的作家如李娟，就十分擅长这一类重新定义。如《木耳》（"尤其想到这山里最早是没有木耳的，它是突然在最近几年的某一天出现的。那时候更多更嘈杂的人开始进入并深入这里，他们带来了很多隐密的新事物，木耳就是其中之一"）、《离春天只有二十公分的雪兔》（"我们生活得也多孤独啊！虽然春天已经来了……当兔子满院子跑着撒欢，两只前爪抱着我外婆的鞋子像小狗一样又啃又拽——它好像什么都不记得了！它总是比我们更轻易抛弃掉不好的记忆，所以总是比我们更多地感觉着生命的喜悦"），这些书写，都建构了作者本人是一个什么样的人，建构了作者本人欣赏怎样的世界观和生命观。

　　写物有时是为了达情，但这种达情的方式是曲折的。有时单篇拿来看，好像和深情没有很大关系，比如汪曾祺写豆腐，他写了很多很多次豆腐，分散在不同的文章里，最直接的篇名就叫《豆腐》。在《卖眼镜的宝应人》中，他写到了豆腐脑，故事中那一位爱侃的东台大名士冯六吉，在大将军年羹尧家当过教师爷，每天必有一碗豆腐脑，后来他告老还乡，想吃豆腐脑，便叫家人买来一碗，一尝，不是那个味了，原来年大将军家的豆腐脑，是用鲫鱼脑做的。汪曾祺的语言大家都很熟悉，不华丽，很平实的语气，从容平淡，浑然天成。他写的食物，大多是平民的食物，食物的故事，是平民的故事，平民的深情、惊异、可怜。写饮食的作家有很多，历史变迁中的饮食还带有乡愁的意味，食物成为了"精神还乡"的媒介。林文月《饮膳札记》，语言也很朴实，几乎没有什么修饰，但是她的食材都很高级，乌鱼子、鱼翅、海参……食物到底有没有阶级性，食物是不是涉及权力或暴力的调停，是文化研究的对象。但饮食背后的人确实是有身份、有环境的，也有不同的处境，《红楼梦》中多有表现。再如汪曾祺的《岁朝清供》，写北京人家里供腊梅，写完了笔锋一转，说穷人家里养一盆青蒜，就算替代水仙了（"穷家过年，也要有一点颜色"）。单看一篇看不出什么来，看得多了就会知道，有些东西，有的人永远想得到，有的人永远不会去想。这可能与沈从文的散文教学有关，汪曾祺写过一篇文章《我的老师沈从文》，提到了沈从文在西南联大开设的散文写作课程，或许可以解释他的写作观及写作观的来源：

　　沈先生经常说的一句话是："要贴到人物来写。"很多同学不懂他的这句话是什么意思。我以为这是小说学的精髓。据我的理解，沈先生这句极其简略的话包含这样几层意思：小说里，人物是主要的，主导的；其余部分都是派生的，次要的。环境描写、作者的主观抒情、议论，都只能附着于人物，不能和人物游离，作者要和人物同呼吸、共哀乐。作者的心要随时紧贴着人物。什么时候作者的心"贴"不住人物，笔下就会浮、泛、飘、滑，花里胡哨，故弄玄虚，失去了诚意。而且，作者的叙述语言要和人物相协调。写农民，叙述语言要接近农民；写市民，叙述语言要近似市民。

……

沈先生研究的文物基本上是手工艺制品。他从这些工艺品看到的是劳动者的创造性。他为这些优美的造型、不可思议的色彩、神奇精巧的技艺发出的惊叹，是对人的惊叹。他热爱的不是物，而是人，他对一件工艺品的孩子气的天真激情，使人感动。我曾戏称他搞的文物研究是"抒情考古学"。他八十岁生日，我曾写过一首诗送给他，中有一联："玩物从来非丧志，著书老去为抒情"，是记实。

"咏物"最简单的源流，来自《楚辞》中屈原的《橘颂》，描绘橘树果实形状之美的部分，可以视为咏物诗的滥觞。但作者显然不是为了描述橘子形状，而是要表达个人情志。而后有了《荀子》中的五篇赋，到了齐梁，咏山水、咏物，都是诗歌重要的内容。"体物为妙，功在密附"，是《文心雕龙·物色》的观察，"穷物之情，尽物之态，写物之美"，令读者能"瞻言而见貌，即字而知时也"。这听上去并不特别，因为我们对于"物"的经验更丰富了。有人写一只猫，写一棵树，如果我的经验可以调度，那在我脑海中的成像就不是你写出来的，而是我本来就知道的。描写的细节若比我知道的更为生动，那就撑起了一篇文章的神韵和意义。如果细节不够密附，叙事效果肯定有损失。正因为我们对寻常物什具有经验，写物之难，也就难在新鲜。张大春讲过一个故事，讲的是雷骧的家人，姑且称他为表叔吧。表叔是一个有钱的乡巴佬，有一次到上海公干，特意打扮了一下，长袍、呢帽、挂链怀表，外带金质烟盒，上了火车。但是一下车，刚刚抽了一根烟，这些东西就都被偷了。于是就拜托商会找上巡捕房，然后撂了句话，大致意思是说，久闻上海地头上的扒手也有所谓青白眼，倘若要下手行窃，必然看出对方不够称头，丢钱是小，丢脸是大，想请问到底哪里做得不对，东西都被偷了。这样不出一个时辰，人抓到了，说什么呢？"您老一下火车就露了相了。""您老掏出烟来吸，把支烟在那烟盒盖子上打了三下。""您老吸的是'三炮台'，'三炮台'是上好的烟卷儿，烟丝密实，易着耐吸，不须敲打。可您老打了那三下，足见您老平时吸的不是这种好烟卷儿，恐怕都是些丝松质劣的土烟，手底才改不过来。"问题出在烟盒和人对不上，习惯和打扮对不上。这样的事，用在推理小说里，也不是不可以。张大春引出这个故事令人想起汪曾祺的《鉴赏家》，所以汪曾祺真是写物的大师。《鉴赏家》写了一个果贩叶三和一个画家的故事，一段友情，其实没有什么波澜。故事开始很有趣："全县第一个大画家是季匋民，第一个鉴赏家是叶三。叶三是个卖果子的。"然后说都有哪些果子，果子是什么样的，果子和季节，接着写卖果子，小说中部写到叶三都抱孙子了，家里儿子希望他不要走宅门卖果子了，叶三生气了。"叶三还是卖果子。"然后牵引出来画画的季匋民爱吃果子，他画画，画一张要喝二斤花雕，吃斤半水果。"叶三搜罗到最好的水果，总是首先给季匋民送去。"然后再牵出来看画。我们如果回过头来看小说是如何兴起的，又如何推动的，实际上就要比所谓的托物言情更进一步，是物在推动故事的发生，推动文章的演进。这个叙事技巧是非常值得注意的。

其次，物件是历史记忆的化身，也是不同文化之间人们交流的"语言"。越是能牵动"同情"（甚至越接近共同"创伤"），功能记忆能调度的艺术共鸣就越强烈。这些物件以其直接性，完成独特的视觉再现。在西方学界，"物质文化"的研究开展于 19 世纪中叶，一般认为开始于柯律格（Craig Clunas）《长物：早期现代中国的物质文化与社会状况》，近年来日益成为显学。以文震亨《长物志》为探究核心，论及晚明"物观"、气氛与古、雅之价值评述，以及随之建构的流行文化。我们最能理解的所谓睹物思人，以睹物、触景、说情、思人含括人文所成之文明与文化天地。我们提到过台静农的《始经丧乱》，他用不统一的时间单位写流水账，"一九三七年七七事变发生时，我到北平刚四天"，"几天后，听说我们的驻军撤退了，偌大的历史文化古都，已无防御，空了"，"七月三十日敌军进了北平城"，"约在八月初平津铁路通车了，我定在通车第三天离北平"，当中插播了空间的位移：魏建功家；火车站；"从天津到南京浦口的火车，早已断了，只有搭开滦煤矿的小火轮先到烟台"；"船经过唐山"；"从烟台搭长途汽车去潍县"；到了济南，"搭上火车抵达绾淮南交通的蚌埠"；到了南京，见到胡适，又出现时间，"事隔半世纪"，然后又回到胡适日记里提到的轰炸当日自己做了什么，精确到"午饭后"之类的时间标志，这种"精确"的背后实际上都隐藏着历史创伤。"物"的书写也会有类似的呈现，如《古今小说》卷二十四《杨思温燕山逢故人》，故事以北宋靖康之变为背景，表面上讲述了一个负心丈夫遭受报应的故事。文中将庆祝元宵时具体的时辰、情状、官员名色，甚至旧时代的酒馆名字、菜色都娓娓道来，用以缅怀靖康之难以前，北宋最后的美好时光，可见越是描述细致的物，越是展现出沉重，对应着过往岁月的不可追溯。

最后是"物趣"，可能和明清小品的流行有关系。很多老先生作家爱写掌故，风格也是那里来的。物质在我们的文章中如何开启感知与认知的过程？如何把物当作审美的对象？鉴赏家与收藏家在晚明文人文化中扮演了极为重要的角色，甚至可说是囊括了那个时代的种种矛盾与关怀，特点是主观地抒发对物情物理的感悟。其中笔调往往自标新异，肆情任气，间亦有把物极端"人化"，使之成为情深思苦的对象。于是人与物的遇合，带有浓厚的传奇性。中国的笔记小说里，"博物"的特质也会成为文人容易采取以状物的文体，拿到现在来看，接近于科普散文。《聊斋志异》中就写了各种物性，有时候甚至是一种物癖，爱物成痴。比方《鸽异》，从鸽子繁复的名目开始，通过主人公博物式的收集物癖，逐渐深化物痴的进程，反过来重新定义人与物的深刻关系。这里的情，就带有了理趣的质地。

『故乡』的诗化

10

我们说到了"状物与言情""景语与情语"，好像物是物，景是景，这是不确切的。在实际写作中，散文书写对象的主题不会是如此割裂的。物、情、景常常同时出现在文章中，它们以何种方式组合，表达何种复杂的情感，构建了作家独特的美学世界。好的文章，即使字数不多，因为画面感强，叙事又有转折，会留给我们许多"刹那"的印象。比如李娟的作品《离春天只有二十公分的雪兔》，标题就非常独特，汇通了物与时间、空间，凝铸于作者自己建构的文学画面中。她写的雪兔就是故乡即景，她对雪兔的看法和感情，对雪兔命运的高度关注，呈现的就是她凝望故乡时的感觉结构，这背后躲藏着作家对于自然、土地和生命的看法，是有观念先行的。类似的散文，单一篇似乎看不出什么，文章短短的，说了一个不太重要的故事，介绍的也不是经过历史巨变的风物，但当这些片段作为整体出现时，还是能令人感受到家乡的美意，以及不难看出的作家对于守护这种美意的防备之心。如《木耳》一篇中写的话："尤其想到这山里最早是没有木耳的，它是突然在最近几年的某一天出现的。那时候更多更嘈杂的人开始进入并深入这里，他们带来了很多隐密的新事物，木耳就是其中之一。"写它，是为了守卫它，并没有真的邀请读者去打扰它的生活。

在那样的文学世界里，写景、写人、写情是同一的，取决于作者本人如何规定着人与世界的关系。假如写作者敏感又深情，记得小时候在家乡看到过的人、遭遇过的事，也会产生出不错的文章。最典型的表达方式，如刘亮程《一个人的村庄》："每年都有几场大风经过村庄。风把人刮歪。又把歪长的树刮直。风从不同方向来，人和草木往哪边斜不由自主。能做到的只是在每一场风后，把自己扶直。一棵树在各种各样的风中变得扭曲，古里古怪。

你几乎可以看出它沧桑躯干上的哪个弯是南风吹的，哪个拐是北风刮的。但它最终高大粗壮地立在土地上，无论南风北风都无力动摇它。我们村边就有几棵这样的大树，村里也有几个这样的人。"小说里也常会有这样的描写，也常会用这样的方法：一个人的命运就是一群人在那样的时代的命运。散文与小说的区别，无非是散文更着力于情感的深刻性，小说则服役于征服世界的欲望。然而要说回"创意写作"，从审美意义上的"观看"体验来说，单纯的训练是很困难的。因为"创意写作"是具有高度"城市性"的专业，它非常年轻，也非常都会，无论通过怎样的方式选拔学生，在创作中难免会遇到乡土性与城市性的碰撞。这种碰撞的背后，又带有当代文学权力话语的影响。即便完全抛去这些顾虑，故乡书写的问题仍然非常复杂。在文学写作中，也许说成"想象的故乡"这样的母题会更为恰当。因为我们都是故乡没有留住的年轻人，这件事情本身就具有尖锐的批判特征。

以西方小说为例，玛丽莲·罗宾逊（Marilynne

Robinson）有一本非常难读的小说《管家》，难读的原因在于情节的缺少、过于散文化的描写（翻译当然也有些损失），及普通读者对于宗教和思想背景的陌生。小说叙事者露丝生长于美国中西部小镇指骨镇。一如这个鬼气森森的地名，它寒冷，有洪水，还有火灾，有着罕见的潮湿天气，整个村庄的人们不断面临暴雨、河水泛滥、房屋倒塌以及饥饿、寒冷的侵袭。小说的英文名是 Housekeeping，但我们看到书的结尾会发现这是一个"houseburning"的故事。故事中的房子被烧掉了，而且是由孙女烧掉的。这个房子是外祖父建的，它建在一个不毛的高地上。如果对《圣经》熟悉的话，我们知道，高地是可以看到神迹的，所以在大洪水来临的时候，外祖父造的这个房子没有被冲毁，就是这样一个象征。但孙女把这个象征父权的高地上的房子烧掉，然后两个女性角色开始流浪。玛丽莲·罗宾逊可能受到了美国作家爱默生的超验主义的影响，讲述如何建立人与自然的关系。什么是人与自然的关系？就是你是膜拜自然，还是感受自然？人类只是自然的工具，还是你理解这个世界是通过其他的感知方式？所以爱默生提出了一个很有名的理论：透明的眼球（transparent eyeball）。如果我们去看文学史上的那幅图画，会发现非常有意思：就是一个眼球戴着帽子，腿很长，在走。这是爱默生经典的感受世界的方式。他看到了"我"什么都不是，但"我"能感觉到不一样的世界，感觉到一切。他看到了"光"才是这个世界上最好的画家，它们能够感受到大自然真正的明暗。在这一层面，作家的欲望，在于通过写作重申自然并不是被我们现在的人类建构出来的。如果我们回归到最原始的人的状态，重新以肉身去感知这个世界的四季，感知人类劳动，感知自然天地的暴虐，感知没有天理的洪水、没有天理的暴雪、没有规律的命运的各种不友好，我们所能获得的启迪是不一样的。小说里的人，足以看见城市人看不到的东西，选择城市人不会选择的生活方式。这里无所谓好坏，只是一种文学和哲学意义上的重新照亮。

需要提醒普通写作者的是，有些"故乡"风物是符号性的，带有强烈的批判意识，可能是与城市文明对峙的。如《呼啸山庄》亦有类似的对"伦敦"这个象征很不友好的书写偏好，小说中的人物只要去过伦敦，回来就病了、死了。城市、文明象征着某种孱弱和背叛。对于我们普通的被文明和消费主义规训过的人来讲，文学作品里出现的那个"故乡"，可能就是一个不怎么适合生存的地方，天气不好，人烟稀少，它只是一个象征，作为象征被逃离，又作为象征被回归。如果没有背后的思想意义作支撑，创作者仅仅是歌颂故乡景美人美，或仅仅是批判现代文明的入侵对故乡的破坏，在当下已撑不起"故乡"的心灵意义。如何确立、调整自己和故乡的距离，可能会是未来写作这一题材的空间。在这样的时代，我们和故乡的离别，不一定是一次性的。在许多年轻人心中，故乡和域外的心理距离，甚至会比故乡与异乡的距离要切近。无论是物，还是故乡，很有可能在未来是作为一种文学布置，作为一种潜意识，作为一种前提而存在的，我们能够对于原乡建立多曲折的想象，这种想象的背后又有多少美学上、历史上的见解和野心,决定了我们写作故乡的深度。其次,心理距离是经常变化的,时远时近,且牵涉到复杂的认同。我们之前也讲到了,从光景着眼,写一个地方,写一个人,写一个物质,最好要写变化。而地方、人、物质变化的速度可能是不一样的,可能是有时差的。我们面对的心境也未必是骄傲或平静或思念那么简单,甚至可能带有复杂的"耻感"。虽然我们想到"故乡",总觉得是一个散文题材,真正实践起来,反而令人生疑。

在当代,书写这一题材最受欢迎的文体,已经不再是散文,而是"非虚构"。和我们先前提到的"白话美术文"做对照,"非虚构"笔下的故乡几乎是完全不美术的,而是纪实、沉痛、粗粝、失落的代名词。其中最受欢迎的作品,如梁鸿的"梁庄系列",标志着"非虚构写作"在中国的兴起。作者将叙事权交给众多人物,以县志作为结构,以散点透视的方法从不同个体的视角出发,拼贴出一个立体的、完整的"梁庄"图景。由于中国社会的剧烈变迁,人物命运的戏剧化也很容易让读者获得强烈的在场感。以第一人称叙述的梁鸿，如同导游一样带领读者进入自己的家乡，进行深度游历……"她记忆中的故乡，是清新柔美、安静朴素的。昔日并不丰盈的物质生活，却孕育着温暖的传统村落文化。然而，现实的梁庄却已是千疮百孔，以家族聚居的传统村落被以经济为中心的布局取代，传统文化已经或正在消亡，层出不穷的社会问题，正在严重地侵蚀着人们对美好生活的期待。作者日思夜想的故乡梁庄，成为了一种陌生的存在。"这是当代中国故乡叙事的范本，再写故乡，也很难写出超越这个宗旨的新意来①，尽管我们可以有更宏大、更接近人类学民族志的书写形态，我们可以效仿奈保尔……

　　在传统文学中，想象中国的原乡，可能是沈从文的湘西、萧红的呼兰河，然而这些地方真的有那么好吗？这几乎是说不清楚的，说不好，也不大敢说。有时被书写得太美好、太不真实，有时又被书写到过于恐怖，恐怖到不够

---

① 邹建军、胡忠青：《"梁庄系列"中的"散点透视"》，见《当代文坛》2019 年第 4 期，页 67—73。

真实。名作家写作故乡，又在这样动荡的历史沿革中，越是表面的文字的美，越会让我们感知到历史的现实的反差，用一个不太时髦的词来形容，就是乌托邦，就是桃花源。那样文字的本身构建的发明的力量，又被后来的人一再歌颂，形成了新的印象。《呼兰河传》写院子里的租客们的那一章，一共五小节，第一小节写"我"家的院子，晴天荒凉，刮风下雨更荒凉。后面四小节，二、五小节首句都是"我家是荒凉的"，而三、四小节首句都是"我家的院子是很荒凉的"。这种咏叹的荒凉，远比李娟冬日出现又救过雪兔更有奇异之力，它没有什么复杂的修辞，却反衬出我们现代人的生活过于甜美了，连悲伤都是很通俗的。什么叫通俗呢？就是可以被表达，表达给十个人，十个人都能懂的那种悲伤。可是，那样复杂的、难以言传的张力是如何达到的呢？可能以我现有的文学知识很难表达清楚。但我至少知道，它不容易抵达，外部世界宿命的、与生俱来的某种无力回天的东西深藏其中，文字呈现只是这种宿命之力的音韵、气息或者节奏。它无法构建全貌，好像土地与命运的关系。远远看去，不过是很普通的大自然，在这自然中，也有无数人繁衍了下来，可能产生过无数的麻木的人，也可能会孕育杰出的作家。但那片土地就是那片土地，那片土地从来都对人的吟咏或诗的美意不为所动。既不追究圆满，也不受因果所缚。这样磅礴的自然之力，刚好被一个小女孩看到了，她说了一点看到的什么，没有说全。但这种"看见"是令人不安的。作家表达得最准确的，不是故乡，不是景，而是这样带有历史意义的"不安"。这种历史情绪的构成是极为复杂的，偏离爱与离别，也偏离思念或者追忆，是发明建构的心灵之景，是艺术家诗化的意志。

我在上海生活，我们的写作课堂也在上海。上海有几条马路发生过不痛不痒的几次风波。最近的一次是2018年11月的时候，徐汇区落叶景观道布展，各种人工假花、假叶、敦煌飞天女神、驼队，引发了市民争议，朋友圈里哀嚎一片，觉得没有审美，低俗，策展方得知反馈后，瞬间做出了调整。上午装，下午拆，反应神速，敦煌女神也被拆除。然后大家又质问：这笔损失谁来承担？这是一次区政府与市民互动的案例，但我们从市民积极参与公共事务建设的过程中，看到了一些有意思的事情，比方说，原来看起来很平静、没有任何讨论的城市人行道，在其中穿行的人居然对它是有要求的。这个要求不是一个垃圾不要乱丢的要求，不是一个水泥路不要有坑的要求，而是审美的要求。复兴西路与人造的枫叶、敦煌的飞天女神、大漠骆驼，还有罗马的拱形门、大马士革的玫瑰、印度的梵花等，不应该突兀地装饰在一起。这种"公众感受"到底是怎么发生的？我们当然可以从城市公共艺术建设的角度来看待这一事件，但似乎总是少了一点什么。上海女作家陈丹燕，在这次事件中就充当了意见领袖的角色，她说了一句话，居然是通往"故乡"的，她说："这是些宁静低调的老马路，是我的家乡。"我们城市人对这些马路是有感情的，感情深到什么程度呢？我们对它的期待是什么呢？理当是和之前所提到的乌托邦、桃花源不太一样的。它很像法国建筑师说的，至今"只要人们一上街抗议，一定是在反对巴黎"。巴黎人用理性和审美艺术共同创造了城市文艺的底色，令城市确实呈现为了一个复杂而有机的共同体。只要这种共同体中有情感生成的空间，其实也就有了言说和沉默、参与与观望，有了文学缔造的可能性。

我最近读了一系列外国人写上海的散文集，其中之一是《环绕上海》。作者是美国人师克明，一个艺术家。20世纪20年代初的一个初夏，师克明乘坐蒸汽船跨越太平洋来到上海，走遍了长江中下游多个省市，上海、南京、苏州、安庆等等。他的旅行从租住苏州河上的"住家船"开始，有意思的是，他给住家船"老大"起了一个很特别的绰号，叫"拿破仑"。因为他看起来矮小、结实、神情凝重，站在船头的样子好像在沉思，"'拿破仑'让船夫在甲板上排上一排，升起一根可以移动的桅杆，并沿着桅杆横架起一根竹条，再升起一块方帆……"看起来真像那么回事，但是我想，上海人是绝对不会把苏州河上的舢板船主叫作"拿破仑"的。师克明还给"拿破仑"的舢板起名叫"启示号"。这些陌生的绰号居然自动延展出了奇异的画面，具有别致的诗意，恐怕是词语本身创造的神迹。譬如师克明写道："每年有几个月的时间会下雪，地面上会积雪，水面上也会漂浮着冰块……但他们依然会像大副、'拿破仑'和其他人一样毫无怨言，接着去捡煤块。"所谓的煤块，是过往的蒸汽船扔到河里的，船工把一根绑在竹竿上的木勺伸到河底捞东西，他的年轻的妻子则提着筛子，挑出小块的未燃烧尽的煤块并保存起来，作家写，"这正是他们的生活"。这幅上海生活图景，仅仅相隔不到一个世纪就令人感到那么陌生。这难道不是我们要抓紧书写的意义吗？

后记

　　写这样一本与现代散文有关的小册子，我十分忐忑。在复旦创意写作专业四年的现代散文写作教学实践中，因为始终没有找到完全适合的教材，我开始对现有的材料做了一些整理。2019 年 1 月起，这些文章在《萌芽》杂志以专栏的形式连载。一年多来，我收到了很多读者的反馈，中学生、大学生都很喜欢这个栏目。这给了我很大的信心，以这样的方式，把我不全面的资料整理、不成熟的思考分享给对散文写作有兴趣的同学。书中仍有不足及错漏之处，有待未来不断修正和完善。

　　我的参考文献，主要来自郁达夫选编的《中国新文学大系·散文二集》、朱自清散文研究文献、1978 年郑明娳所著《现代散文欣赏》、余光中《左手的缪思》《逍遥游》中的散篇、杨牧《文学的源流》《搜索者》中的散篇、王安忆《情感的生命》、陈平原《中国散文小说史》、王佐良《英国散文的流变》、台北麦田出版社《散文类——新时代"力与美"最佳散文课读本》、台北联经出版社《抒情的境界》，及《东吴学术》2017—2020年的散文专栏等，这些都给了我极大的启发。

最令我意外的是，在"创意写作"这个舶来专业如日中天的当下，即使"散文课"是非常弱势的、急需得到帮助的，我仍在旧纸堆中找到了一个闪亮的名词。那就是余光中在《逍遥游》中提到的"另一种散文"——"超越实用而进入美感的，可以供独立欣赏的，创造性的散文（creative prose）"。这可视为中国"创意写作"散文课的探索目标。

张怡微

2020年5月于上海复旦大学